D1629098

Tucholsky Wagner Zc Fonatne Syuow Freud Schlegel
Turgenev Wallace
Twain Walther von der Vogelweide Fouqué Friedrich II. von Preußen
Weber Freiligrath Frey
Fechner Fichte Weiße Rose von Fallersleben Kant Ernst Frommel
Richthofen
Fehrs Engels Fielding Hölderlin
Faber Flaubert Eichendorff Tacitus Dumas
Feuerbach Maximilian I. von Habsburg Fock Eliasberg Zweig Ebner Eschenbach
Ewald Eliot Vergil
Goethe Elisabeth von Österreich London
Mendelssohn Balzac Shakespeare
Lichtenberg Rathenau Dostojewski Ganghofer
Trackl Stevenson Doyle Gjellerup
Mommsen Tolstoi Hambruch
Thoma Lenz Hanrieder Droste-Hülshoff
Dach Verne von Arnim Hägele Hauff Humboldt
Reuter Rousseau Hagen Hauptmann
Karrillon Garschin Gautier
Defoe Baudelaire
Damaschke Descartes Hebbel
Hegel Kussmaul Herder
Wolfram von Eschenbach Dickens Schopenhauer
Bronner Darwin Melville Grimm Jerome Rilke George
Campe Horváth Aristoteles Bebel Proust
Bismarck Vigny Barlach Voltaire Federer Herodot
Gengenbach Heine
Storm Casanova Tersteegen Grillparzer Georgy
Chamberlain Lessing Langbein Gilm Gryphius
Brentano Lafontaine
Strachwitz Claudius Schiller Kralik Iffland Sokrates
Katharina II. von Rußland Bellamy Schilling
Gerstäcker Raabe Gibbon Tschechow
Löns Hesse Hoffmann Gogol Wilde Vulpius
Luther Heym Hofmannsthal Klee Hölty Morgenstern Gleim
Roth Heyse Klopstock Goedicke
Luxemburg Puschkin Homer Kleist
La Roche Horaz Mörike Musil
Machiavelli Kierkegaard Kraft Kraus
Navarra Aurel Musset
Nestroy Marie de France Lamprecht Kind Kirchhoff Hugo Moltke
Nietzsche Nansen Laotse Ipsen Liebknecht
Marx Ringelnatz
von Ossietzky Lassalle Gorki Klett Leibniz
May vom Stein Lawrence Irving
Petalozzi Knigge
Platon Kafka
Sachs Poe Pückler Michelangelo Kock
Liebermann Korolenko
de Sade Praetorius Mistral Zetkin

Der Verlag tradition aus Hamburg veröffentlicht in der Reihe **TREDITION CLASSICS** Werke aus mehr als zwei Jahrtausenden. Diese waren zu einem Großteil vergriffen oder nur noch antiquarisch erhältlich.

Symbolfigur für **TREDITION CLASSICS** ist Johannes Gutenberg (1400 — 1468), der Erfinder des Buchdrucks mit Metalllettern und der Druckerpresse.

Mit der Buchreihe **TREDITION CLASSICS** verfolgt tradition das Ziel, tausende Klassiker der Weltliteratur verschiedener Sprachen wieder als gedruckte Bücher aufzulegen – und das weltweit!

Die Buchreihe dient zur Bewahrung der Literatur und Förderung der Kultur. Sie trägt so dazu bei, dass viele tausend Werke nicht in Vergessenheit geraten.

Die Frau in Weiß - Band IV

Wilkie Collins

Impressum

Autor: Wilkie Collins
Umschlagkonzept: toepferschumann, Berlin

Verlag: tredition GmbH, Hamburg
ISBN: 978-3-8472-3661-0
Printed in Germany

KLASSISCHE ROMANE DER WELTLITERATUR
Ausgewählte Sammlung Prochaska in 32 Bänden.

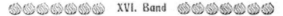 XVI. Band

Wilkie Collins

Die Frau

in Weiß

Band IV.

Verlag von Karl Prochaska, Kaiserl. und Königl.
Hof-Buchhandlung in Wien · Leipzig · Teschen.

Fortsetzung der Aussage Hartright's.

Zweite Abtheilung.

IX.

Ich verließ das Haus, indem ich fühlte, daß Mrs. Catherick mir wider Willen einen Schritt weiter geholfen. Ehe ich noch bis an die Ecke des Platzes kam, wurde meine Aufmerksamkeit durch eine sich hinter mir schließende Thür erweckt. Ich blickte zurück und sah auf der Thürschwelle des Hauses, das, soviel ich zu urtheilen im Stande war, diesseits von Mrs. Catherick's Wohnung derselben zunächst stand, einen kleinen Mann in schwarzer Kleidung stehen. Derselbe ging schnellen Schrittes der Ecke zu, an der ich stille stand. Ich erkannte ihn als den Advocatenschreiber, der mir nach Blackwater Park vorausgereist war und dort einen Streit mit mir anzufangen gesucht hatte, als ich ihn fragte ob ich das Haus sehen dürfe.

Ich wartete, wo ich stand, um zu sehen, ob er diesmal mit mir anfangen werde. Zu meinem Erstaunen ging er schnell vorbei, ohne ein Wort zu sagen, ja ohne mir selbst in's Gesicht zu sehen. Dies war so vollkommen das entgegengesetzte Verfahren, welches ich von ihm zu erwarten Ursache hatte, daß dadurch mein Verdacht erweckt ward, und ich meinerseits beschloß, ihn im Auge zu behalten und zu ermitteln, welcher Art die Geschäfte seien, mit denen er augenblicklich beauftragt war. Ohne mich darum zu kümmern, ob er mich sähe oder nicht, ging ich ihm nach. Er schaute sich nicht ein einziges Mal um und führte mich geradewegs durch die Straßen nach der Eisenbahnstation.

Der Zug war im Begriffe abzufahren und zwei oder drei Passagiere, welche spät kamen, drängten sich um die kleine Oeffnung, durch welche die Billete ausgegeben wurden. Ich trat zu ihnen heran und hörte den kleinen Advocatenschreiber ganz deutlich ein Billett nach der Station Blackwater fordern. Ich ging nicht eher fort, als bis ich mich überzeugt hatte, daß er wirklich mit dem Zuge abgefahren sei.«

Ich konnte das, was ich soeben gesehen und gehört hatte, mir nur auf eine Weise deuten. Ich hatte den Mann ohne alle Frage ein Haus verlassen sehen, das dicht an Mrs. Catherick's Wohnung stand. Ohne Zweifel hatte er sich auf Sir Percivals Befehl in der Erwartung dort eingemiethet, daß meine Nachforschungen mich früher oder später zu Mrs. Catherick führen würden. Er hatte mich wahrscheinlich hineingehen und wieder herauskommen sehen und eilte nun mit dem ersten Zuge fort, um in Blackwater Park seinen Bericht abzustatten – wohin Sir Percival sich natürlich verfügen mußte (nach dem. was er offenbar von meinen Schritten wußte), um auf der Stelle bereit zu sein, wenn ich nach Hampshire zurückkehrte. Es schien jetzt im höchsten Grade wahrscheinlich, daß er und ich, noch ehe viele Tage vergingen, einander begegnen würden.

Wie sich jedoch immer die künftigen Ereignisse gestalten mochten, ich beschloß, weder Sir Percival noch irgend Jemandem gegenüber stille zu stehen oder auf die Seite zu treten. Die große Verantwortlichkeit, die in London so schwer auf mir lastete – die Verantwortlichkeit nämlich, die geringste meiner Handlungen so einzurichten, daß sie nicht durch einen Zufall Lauras Zufluchtsort verrieth – war mir in Hampshire abgenommen. In Welmingham konnte ich nach Gefallen kommen und gehen. Und falls ich zufälligerweise eine notwendige Vorsichtsmaßregel versäumte, so trafen die unmittelbaren Folgen des Versehens doch Niemanden als mich.

Der Abend brach ein, als ich die Station verließ. Es war wenig Hoffnung vorhanden, daß meine Nachforschungen nach Dunkelwerden in einer mir fremden Gegend von Nutzen gewesen waren. Demzufolge begab ich mich nach dem nächsten Gasthofe und bestellte mein Essen und mein Bett. Darauf schrieb ich an Marianne, um ihr zu sagen, daß ich wohl und in Sicherheit sei und Aussichten auf Erfolg habe. Ich hatte sie beim Abschiede gebeten, ihren ersten Brief (welchen ich am nächsten Morgen erwartete) nach »Welmingham, *poste restante*« zu adressiren, und ersuchte sie jetzt, es mit dem nächsten ebenso zu machen. Ich konnte mir, falls ich zufälligerweise zur Zeit der Ankunft der Post abwesend sein sollte, leicht den Brief durch den Postmeister zuschicken lassen.

Ehe ich mich zur Ruhe begab, hatte ich meine merkwürdige Unterredung mit Mrs. Catherick von Anfang bis zu Ende aufmerksam durchdacht und mir mit Muße die Schlüsse vergegenwärtigt, die ich vorhin nur in Eile hatte ziehen können.

Die Sacristei der Kirche von Alt-Welmingham war der Ausgangspunkt, von dem aus mein Geist langsam den Weg durch Alles, was ich Mrs. Catherick hatte sagen hören und thun sehen, wieder zurücklegte.

Als Mrs. Clements mir zum ersten Male die Sacristei der Kirche als den Ort nannte, welchen Sir Percival sich zu seinen heimlichen Zusammenkünften mit der Frau des Küsters gewählt, war es mir bereits aufgefallen, welch ein sonderbarer und unbegreiflicher Ort dieselbe zu diesem Zwecke sei. Durch diesen Eindruck getrieben, hatte ich der »Sacristei der Kirche« auf's Gerathewohl hin vor Mrs. Catherick Erwähnung gethan. Ich war darauf vorbereitet, daß sie mir zornig oder verwirrt antworten werde; aber der entsetzensvolle Schrecken, welcher sie erfaßte, als ich die Worte aussprach, überraschte mich im höchsten Grade. Ich hatte Sir Percivals Geheimnis längst mit der Verheimlichung eines ernsten Verbrechens in Verbindung gebracht, um welches Mrs. Catherick wußte – aber ich war in meinen Vermutungen nicht weiter gegangen. Des Weibes Paroxismus von Schreck aber brachte dies Verbrechen jetzt mit der Sacristei in Verbindung und überzeugte mich, daß sie nicht allein Zeuge desselben, sondern sogar ohne allen Zweifel eine Mitschuldige gewesen war.

Welcher Art war das Verbrechen gewesen? Es mußte sicher eine verächtliche Seite sowohl, als eine gefährliche haben, sonst hätte Mrs. Catherick meine Worte in Bezug auf Sir Percivals Rang und Macht nicht mit so auffallender Verachtung wiederholt. Es war also ein verächtliches sowohl, als ein gefährliches Verbrechen und sie hatte daran theilgenommen und es hatte mit der Sacristei der Kirche zu thun.

Der nächste Punkt, den ich zu überlegen hatte, führte mich noch einen Schritt weiter.

Mrs. Catherick's unverhohlene Verachtung für Sir Percival erstreckte sich offenbar auch auf seine Mutter. Sie hatte mit dem bittersten Spotte auf die hohe Familie, von der er abstamme, angespielt – »namentlich von mütterlicher Seite«, was sollte dies bedeuten? Es schienen mir nur zwei Erklärungen möglich. Entweder war seine Mutter von niederer Herkunft, oder ihr Ruf war nicht rein gewesen und Sir Percival und Mrs. Catherick theilten das Geheimnis hierüber! Ich konnte nur über Ersteres nur Auskunft verschaffen, indem ich im Kirchenbuche ihr Heiratscertificat aufsuchte und mich so über ihren Mädchennamen und ihre Verwandtschaft unterrichtete, als Einleitung zu ferneren Nachfragen.

Dagegen, falls der zweite angenommene Fall der wahre gewesen, welcher Art war da der Flecken auf ihrem Rufe? Indem ich mich an das erinnerte, was Marianne mir über Sir Percivals Vater und Mutter und über deren ungesellige, verdächtig abgeschlossene Lebensweise erzählt hatte, frug ich mich jetzt, ob es nicht möglich sei, daß seine Mutter am Ende gar nicht verheiratet gewesen? Hier wieder konnte das Kirchenbuch durch ein geschriebenes Certificat der Heirat mir wenigstens beweisen, daß dieser Verdacht ein unbegründeter war. Wo aber dieses Kirchenbuch finden? Bei diesem Punkte nahm ich die Schlüsse wieder auf, zu denen ich bereits vorher gekommen, und derselbe Gedankengang, welcher die Localität des verborgenen Verbrechens entdeckt hatte, brachte jetzt das Kirchenbuch in die Sacristei der Kirche zu Alt-Welmingham.

Dies waren die Erfolge meiner Unterredung mit Mrs. Catherick – und dies waren die verschiedenen Betrachtungen, die alle gerade an einem Punkte zusammenlaufend mir mein für den nächsten Tag zu beobachtendes Verfahren vorzeichneten.

Der Morgen war trübe und wolkig, doch ohne Regen. Ich ließ meinen Nachtsack im Gasthofe zurück und nachdem ich mich nach dem Wege erkundigte, ging ich zu Fuß nach der Kirche zu Alt-Welmingham.

Es war dies ein Spaziergang von etwas mehr als zwei Meilen auf allmälig berganwärts gehendem Boden.

Auf dem höchsten Punkte stand die Kirche – ein altes verwittertes Gebäude mit einem großen viereckigen Thurme. Die Sacristei an der Hinterseite war aus der Kirche herausgebaut und schien dasselbe Alter zu haben. Rund um die Kirche her sah man die Ueberbleibsel des Dorfes, in dem, wie Mrs. Clements mir erzählte, ihr Mann früher gewohnt und das die bedeutendsten Einwohner desselben längst verlassen hatten, um nach der neuen Stadt zu ziehen. Einige von den leeren Häusern waren bis auf die äußeren Mauern abgerissen; andere waren den verheerenden Angriffen der Zeit überlassen, und andere wieder wurden noch bewohnt, aber offenbar von Leuten der allerärmsten Classe. Es war ein trauriger, öder Anblick.

Als ich mich von der Hinterseite der Kirche abwandte und an einigen der abgerissenen Häuschen vorbeiging, um mir jemanden zu suchen, der mir sagen konnte, wo ich den Küster finden würde, erblickte ich zwei Männer, welche hinter einer Mauer herum kamen und mir nachgingen. Der größere von beiden – ein stämmiger, musculöser Mensch in der Kleidung eines Wildwärters – war mir fremd. Der andere aber war einer von den beiden Männern, die mir an dem Tage, wo ich Mr. Kyrle's Expedition verließ, gefolgt waren. Ich hatte ihn mir damals besonders gemerkt und war deshalb jetzt über seine Identität vollkommen sicher.

Beide hielten sich in achtungsvoller Entfernung; doch war der Zweck ihrer Anwesenheit in der Nähe der Kirche klar in die Augen fallend. Die Sache verhielt sich gerade so, wie ich vermuthet hatte: Sir Percival war bereits auf mich vorbereitet. Mein Besuch bei Mrs. Catherick war ihm am Abend vorher berichtet worden und jene beiden Männer waren in Erwartung meines Erscheinens in Alt-Welmingham in der Nähe der Kirche als Wache aufgestellt worden. Hätte ich noch eines ferneren Beweises bedurft, daß meine Nachforschungen endlich die rechte Richtung genommen hatten, so hätte der jetzt von ihnen angenommene Beobachtungsplan mir denselben geliefert.

Ich ging weiter, von der Kirche fort, bis ich bei einem der bewohnten Häuser anlangte, an das sich ein Stückchen Küchengarten schloß, in welchem ein Mann bei der Arbeit war. Er gab mir den Weg nach der Küsterwohnung an, einem Häuschen, das in einiger Entfernung ganz allein am äußersten Ende des verlassenen Dorfes stand. Der Küster war zu Hause und gerade beschäftigt, seinen großen Ueberrock anzuziehen. Er war ein munterer, zutraulicher, gesprächiger alter Mann.

»Es trifft sich glücklich, daß sie so früh kamen, Sir,« sagte er, nachdem ich ihn mit dem Zwecke meines Besuches bekannt gemacht. »In zehn Minuten wäre ich nicht mehr da gewesen. Kirchspielangelegenheiten zu besorgen, Sir – und ein ziemlich langer Trab, ehe alles abgethan ist, ist viel für einen Mann in meinen Jahren. Aber ich bin, Gott sei Dank, noch immer ganz gut auf den Beinen! Solange ein Mann noch über seine Beine zu gebieten hat, ist noch Arbeit in ihm. Sind Sie nicht auch der Ansicht, Sir?«

Während er sprach, nahm er seine Schlüssel von einem Haken und verschloß, nachdem wir hinausgegangen waren, seine Hausthür hinter uns.

»Kein Mensch d'rin, um meinen Haushalt zu führen,« sagte der Küster mit einem frohen Gefühle der Freiheit von allen Familienbürden.»Meine Frau liegt da drüben auf dem Kirchhofe und meine Kinder sind alle verheiratet. Ein erbärmlicher Ort dies, nicht wahr, Sir? Aber es ist ein großes Kirchspiel – es würde nicht jeder so gut damit fertig werden wie ich. Das macht aber die Bildung – und davon habe ich meinen Theil gehabt und vielleicht noch ein bißchen mehr. Ich kann der Königin Englisch sprechen (Gott erhalte die Königin!) – und das ist mehr, als die meisten Leute hier herum im Stande sind. Sie kommen aus London wie ich vermuthe, Sir? Ich war vor ungefähr fünfundzwanzig Jahren in London. Was gibt's Neues dort, wenn ich fragen darf?«

Unter solchem Geplauder führte er mich nach der Sacristei zurück. Ich schaute umher, um zu sehen, ob sich die beiden Spione noch blicken ließen; doch waren sie nirgendwo zu sehen. Nachdem sie sich von meinem Besuche beim Küster überzeugt, hatten sie sich wahrscheinlich an irgend einer Stelle verborgen, von der aus sie, ohne bemerkt zu werden, meine nächsten Schritte überwachen konnten.

Die Thür der Sacristei war von starkem alten Eichenholze und mit großen Nägeln beschlagen, und der Küster steckte den großen schweren Schlüssel mit der Miene eines Mannes in's Schloß, welcher wußte, daß er eine schwere Aufgabe vor sich hatte und sich nicht ganz sicher fühlte, daß er dieselbe auf rühmliche Weise lösen werde.

»Ich bin genöthigt, Sir, Sie von dieser Seite hereinzuführen,« sagte er,»weil die Thür, welche von der Kirche aus hineinführt, auf der Seite der Sacristei verriegelt ist. Wir hätten sonst durch die Kirche hineingehen können. Dies ist ein so halsstarriges, altes Schloß, wie es je eins gab. Es ist groß genug für ein Gefängnisthor und schon wer weiß wie viele Male verdreht worden; es hätte längst ein neues an seine Stelle gelegt werden sollen. Ich habe das dem Herrn Kirchenvorsteher wenigstens schon fünfzigmal gesagt; er spricht jedesmal: ich werde dafür sorgen, und thut es doch nicht. Ach ja, 's ist ein erbärmliches Nest dies; 's ist kein London – nicht wahr? Gott bewahre! wir sind hier Alle im Schlaf. Es fällt uns gar nicht ein, mit der Zeit fortzuschreiten.

Nach einigem Drehen und Wenden des Schlüssels gab das Schloß endlich nach, und er öffnete die Thür.

Die Sacristei war ein düsteres, moderiges, melancholisches altes Zimmer mit einer niedrigen Balkendecke. An zwei Seiten – welche dem Innern der Kirche zunächst lagen – zogen sich schwere, durch Alter wurmstichig gewordene Holzschränke hin. In einem derselben hingen an einem Haken mehrere Priesterhemden. Unter diesen am Boden standen drei Packkisten, deren Deckel nur halb befestigt waren und aus denen durch jeden Riß und jede Spalte hindurch sich ungeduldiges Stroh drängte. Hinter diesen in einem Winkel lag eine unordentliche Masse staubiger Papiere, von denen einige groß und zusammengerollt waren, andere dagegen, wie Briefe oder Rechnungen, auf Bindfaden gezogen waren. Das Zimmer hatte ehedem durch ein kleines Seitenfenster Licht erhalten; aber dasselbe war zugemauert und durch ein Gewölbefenster ersetzt worden. Die Atmosphäre drinnen war schwer und moderig und wurde durch den Umstand, daß die Thür nach der Kirche zu verschlossen war, noch drückender. Diese Thür war ebenfalls von festem Eichenholze und von der Seite der Sacristei oben und unten verriegelt.

»Wir könnten etwas ordentlicher sein, wie, Sir?« sagte der muntere Küster. »Aber was kann man von Leuten erwarten, die in einem solchen erbärmlichen Neste wohnen? Sehen Sie sich bloß diese Packkisten an. Da haben sie seit länger als einem Jahre gestanden, um nach London geschickt zu werden – da stehen sie noch und da werden sie stehen bleiben, so lange ihre Nägel sie zusammenhalten.«

»Was enthalten diese Packkisten?« frug ich.

»Kleine Stückchen von dem Holzgeschnitzel an der Kanzel, Paneele vom Altar und geschnitzte Bilder von der Orgel,« sagte der Küster. »Porträts in Holz von den zwölf Aposteln – wovon nicht einer 'ne heile Nase mehr hat. Alles zerbrochen und wurmstichig und in Staub zerbröckelnd – so zerbrechlich wie Töpferwaare, Sir.«

»Und wozu sollen sie nach London gebracht werden?«

»Zum Ausbessern, und wo sie nicht mehr ausgebessert werden können, sollen sie in starkem Holze wieder nachgeahmt werden. Aber, der Herr segne sie! – sie kamen mit dem Gelde zu kurz – und jetzt steht das Zeug da und wartet auf neue Subscriptionen, und kein Mensch will etwas dazu hergeben. Die Geschichte wurde vor einem Jahre angefangen, Sir. Sechs Herren speisten darüber in dem Gasthofe in der neuen Stadt. Sie hielten Reden, faßten Beschlüsse, schrieben ihre Namen auf und druckten Tausende von Plänen, welche ankündigten, daß es eine Schande sei, die Kirche nicht wieder herzustellen und das berühmte Schnitzwerk nicht ausbessern zu lassen und dergleichen mehr. Da hinter den Packkisten im Winkel liegen die Prospecte, Baupläne und Rechnungen und Anschläge und die ganze Correspondenz, die in nichts als in allgemeiner Balgerei endete. Es kam Anfangs ein bißchen Geld eingetröpfelt. – Es war gerade genug, um das zerbrochene Schnitzwerk zu packen, die Anschläge und die Druckerrechnungen zu bezahlen – und dann war kein Heller mehr übrig. Da stehen die Sachen noch immer.«

Mein eifriger Wunsch, das Kirchenbuch durchzusehen, bewog mich, nicht in des alten Mannes Gesprächigkeit einzugehen. Ich gab ihm Recht und schlug dann vor, daß wir ohne Verzug zur Sache kämen.

»Ja, ja, das Kirchenbuch, jawohl,« sagte der Küster, indem er ein kleines Schlüsselbund aus der Tasche nahm. »Wie weit wollen Sie zurücksuchen, Sir?«

Marianne hatte mich zur Zeit, als wir von Lauras Verlobung mit Sir Percival Glyde gesprochen, von des letzteren Alter unterrichtet. Sie hatte ihn damals als fünfundvierzig Jahre alt beschrieben. Indem ich von da an zurück und das Jahr mit einrechnete, welches seit der Zeit verflossen war, fand ich, daß er im Jahre 1804 geboren sein mußte und daß ich mit Sicherheit bei diesem Datum im Kirchenbuche anfangen konnte.

»Ich wünsche mit den: Jahre 1804 anzufangen,« sagte ich.

»Nach welcher Richtung hin von da an, Sir?« frug der Küster. »Vorwärts oder rückwärts?«

»Von 1804 an rückwärts.«

Er öffnete die Thür eines der Schränke – desjenigen, an welchem die Priesterhemden aufgehangen waren – und nahm ein großes Buch, das in schmierigem braunem Leder gebunden war, heraus. Es fiel mir auf, wie sehr unsicher dasselbe verwahrt war. Die Thür des Schrankes war durch das Alter gebogen und geborsten und das Schloß war von der kleinsten und gewöhnlichsten Art. Ich hätte es bequem mit meinem Spazierstocke sprengen können.

»Wird das als ein hinreichend sicherer Platz für das Kirchenbuch angesehen?« frug ich. »Mich dünkt, ein Buch von solcher Wichtigkeit sollte doch durch ein besseres Schloß und in einer eisernen Kiste verwahrt werden!«

»Na, das ist doch merkwürdig!« sagte der Küster, das Buch, welches er soeben geöffnet hatte, wieder schließend und fröhlich mit der Hand darauf schlagend. »Ganz dasselbe pflegte mein alter Meister immer zu sagen, als ich noch ein Bursche war. ›Warum,‹ sagte er, ›warum wird das Kirchenbuch (womit er dieses hier meinte, welches ich in der Hand habe) nicht in einer eisernen Kiste aufbewahrt?‹ Das habe ich nicht einmal, sondern hundertmal sagen hören. Er war hier der Advocat damals, Sir, und hatte dabei das Amt des Kirchspielschreibers inne. Ein prächtiger, aufrechter, alter Herr – und der eigenste alte Herr, den es nur geben konnte. Solange er lebte, bewahrte er auf seiner Expedition in Knowlesbury eine Abschrift dieses Buches und ließ von Zeit zu Zeit die bei uns eingetragenen Certificate genau in derselben nachschreiben. Sie werden es kaum glauben, aber er hatte seine bestimmten Tage, ein- oder zweimal alle Vierteljahre auf seinem alten weißen Pony hier nach der alten Kirche herüberzureiten, um mit eigener Hand das Kirchenbuch nach seiner Abschrift zu controliren. ›Wie kann ich wissen,‹ pflegte er zu sagen, ›ob nicht dies Kirchenbuch einmal gestohlen oder vernichtet werden mag? Warum verwahrt man es nicht in einer eisernen Kiste? Warum sind andere Leute nicht ebenso vorsichtig wie ich? Es wird sich eines Tages irgend etwas Ungehöriges ereignen – und wenn dann das Kirchenbuch fort ist, werden die Herren den Werth meiner Abschrift erkennen.‹ Dann pflegte er seine Prise zu nehmen und so stolz wie ein Lord um sich zu blicken. – ›Welches Jahr sagten Sie, Sir? Achtzehnhundert und wieviel?‹«

»Achtzehnhundert und vier,« entgegnete ich, heimlich entschlossen, dem alten Manne keine fernere Gelegenheit zum schwatzen zu geben, bis ich mit meiner Durchsicht des Kirchenbuches fertig sein würde.

Der Küster setzte seine Brille auf und wandte die Blätter des Buches um, indem er bei jedem dritten Blatte sorgfältig den Zeigefinger und Daumen benetzte. »Da ist es, Sir,« sagte er, indem er abermals vergnügt auf das Buch klopfte. »Da ist das Jahr, welches Sie suchen.«

Da ich nicht wußte, in welchem Monat Sir Percival geboren war, begann ich meine Nachsuchung mit dem Anfange des Jahres. Das Kirchenbuch war eins nach der alten Art: die Certificate waren auf leere Blätter geschrieben und durch Linien getrennt, welche mit Tinte dicht unter jedes Certificat über die ganze Seite hingezogen waren.

Ich kam bis zum Schlusse des Jahres Achtzehnhundert und vier, ohne die Heirat zu finden, und ging dann rückwärts durch Achtzehnhundert und drei, durch den Dezember, November, October, durch –

Nein! nicht durch den September. Unter der Unterschrift dieses Monats fand ich die Heirat!

Ich besah das Eingetragene aufmerksam. Dasselbe stand am unteren Ende einer Seite und war wegen Mangel an Raum auf einen kleineren Platz zusammengedrängt, als die Certificate der Heiraten darüber einnahmen. Die unmittelbar vorhergehende Heirat prägte sich meinem Gedächtnisse durch den Umstand ein, daß der Taufname des Bräutigams derselbe war, den ich trug. Die unmittelbar folgende (an der Spitze der nächsten Seite) fiel mir auf andere Weise auf, indem sie einen größeren Raum einnahm, als die übrigen, da sie die Vermählung zweier Brüder zu gleicher Zeit berichtete. Das Certificat der Heirat von Sir Felix Glyde war durch nichts bemerkbar, außer durch den engen Raum, in den das Geschriebene zusammengedrängt war. Ueber seine Gemahlin enthielt es genau dieselbe Art von Auskunft, welche gewöhnlich in solchen Fällen gegeben wird. Sie war angeführt als: »Cäcilia Jane Elster aus Park View Cottages, Knowlesburg; einzige Tochter des weiland Patrick Elster, Esquire, ehedem aus Bath.«

Ich schrieb mir diese Einzelheiten in mein Taschenbuch ein, wobei sich einigermaßen Zweifel und Entmuthigung in Bezug auf meine zunächst zu thuenden Schritte bei mir einschlich. Das Geheimnis, von dem ich bis zu diesem Augenblicke geglaubt hatte, daß ich es schon fast ergriffen, schien mir jetzt ferner denn je entrückt.

Welche Andeutungen auf unerklärte Geheimnisse hatte mein Besuch in der Sacristei ergeben? Ich sah deren keine, welche Fortschritte hatte ich gemacht, um den geargwöhnten Flecken auf dem Rufe seiner Mutter zu entdecken? Das einzige Factum, worüber ich mir Gewißheit verschafft, sprach denselben vollkommen rein. Neue Zweifel, neue Schwierigkeiten, neue Zeitverluste begannen sich in unabsehbarer Weite vor mir zu erheben, was sollte ich zunächst beginnen? Die einzige unmittelbare Hilfsquelle, die mir noch übrig blieb, schien die folgende zu sein: ich konnte Nachfragen über »Miß Elster in Knowlesbury« anstellen auf die Aussicht hin, den Hauptzweck meiner Forschungen dadurch zu fordern, daß ich das Geheimnis von Mrs. Catherick's Verachtung für Sir Percivals Mutter entdeckte.

»Haben Sie gefunden, was Sie suchten, Sir?« frug der Küster, als ich das Kirchenbuch schloß.

»Ja,« erwiderte ich, »aber ich habe Ihnen noch einige Fragen vorzulegen. Ich vermuthe, daß der Geistliche, welcher im Jahre Achtzehnhundert und drei den Gottesdienst in dieser Kirche verrichtete, nicht mehr am Leben ist?«

»Nein, nein, Sir. Er war schon vor drei oder vier Jahren, ehe ich hieher kam, gestorben – und das war im Jahre Achtzehnhundert und siebenundzwanzig. Ich bekam die Stelle, Sir,« fuhr mein geschwätziger alter Freund fort, »dadurch, daß mein Vorgänger sie aufgab. Man sagt, daß seine Frau ihn aus Haus und Hof vertrieben – und die lebt noch, da drüben in der neuen Stadt. Ich selbst weiß nicht genau, wie die Geschichte zusammenhängt: das Einzige, was ich weiß, ist, daß ich die Stelle bekam. Mr. Wansborough verschaffte sie mir – der Sohn meines alten Herrn, von dem ich Ihnen erzählte. Er ist ein freier, freundlicher Mann, liebt die Jagd, hält sich seine Hunde und all dergleichen. Er ist jetzt unser Kirchspielschreiber, wie sein Vater es vor ihm war.«

»Sagten Sie nicht, Ihr früherer Herr wohnte in Knowlesbury?« frug ich, indem ich mich der Erzählung über den pünktlichen Herrn aus der alten Zeit erinnerte, mit der mich mein redseliger Freund vorhin gelangweilt hatte.

»Jawohl, Sir,« entgegnete, der Küster. »Der alte Mr. Wansborough wohnte zu Knowlesbury, und der junge Mr. Wansborough wohnt ebenfalls dort.«

»Sie erwähnten soeben, daß er, wie sein Vater, hier Kirchspielschreiber sei. Ich weiß nicht recht, was eigentlich ein Kirchspielschreiber ist?«

»Wirklich nicht, Sir? – und kommen noch dazu aus London! Jedes Kirchspiel, müssen Sie wissen, hat sowohl seinen Kirchspielschreiber wie seinen Büttel. Der Büttel ist ein Mann wie ich (ausgenommen, daß ich ein gut Theil mehr Bildung habe, wie die meisten von ihnen – obgleich ich nicht damit prahle). Kirchspielschreiber ist eine Art Amt, welches die Advocaten bekommen, so daß, falls für die Sacristei Geschäfte zu machen sind, sie dieselben sofort übernehmen können. Es ist in London ebenso. Jede Kirche hat ihren Kirchspielschreiber und Sie können mir auf's Wort glauben, daß derselbe jedesmal ein Advocat ist.«

»Dann ist vermuthlich auch der junge Mr. Wansborough ein Advocat?«

»Das versteht sich, Sir! Advocat in der Hochstraße, Knowlesbury – das alte Geschäftslocal, das schon sein Vater hatte.«

»Wie weit ist es von hier nach Knowlesbury?«

»Ein ganzes Stück, Sir,« sagte der Küster, mit jener übertriebenen Idee von Entfernungen, welche allen Landleuten eigen sind. »Nahe an fünf Meilen, kann ich Ihnen sagen!«

Es war noch früh am Vormittag und Zeit genug, um nach Knowlesbury und von dort zurück nach Welmingham zu spazieren; es gab in der Stadt wahrscheinlich Niemanden, der mich besser über die Stellung und den Ruf von Sir Percivals Mutter vor ihrer Heirath unterrichten konnte, als der Advocat des Ortes. Indem ich beschloß, sofort zu Fuße nach Knowlesbury aufzubrechen, ging ich dem Küster voran aus der Sacristei.

»Danke schönstens, Sir,« sagte der Küster, als ich ihm mein kleines Geschenk in die Hand drückte,»Wollen Sie wirklich den ganzen Weg nach Knowlesbury und zurück zu Fuße machen? Nun! Sie sind gut zu Fuße und das ist ein großes Glück, wie? Das da ist der Weg; Sie können nicht fehl gehen. Ich wollte, ich hätte Ihres Weges zu gehen – es ist sehr angenehm, einem Herrn aus London zu begegnen. Da hört man doch einmal, was in der Welt vorgeht, wünsch' Ihnen einen guten Morgen, Sir – und danke Ihnen nochmals recht schön.«

Wir gingen auseinander. Als ich die Kirche hinter mir ließ, schaute ich zurück – und da unten auf der Straße waren wieder die beiden Männer, zu denen sich noch ein dritter gesellt hatte; dieser dritte war der kleine Mann im schwarzen Anzuge, dem ich am Abend zuvor nach der Eisenbahnstation gefolgt war.

Die drei Männer standen eine Weile und sprachen zusammen und trennten sich dann. Der kleine Mann in Schwarz ging allein nach Welmingham zu; die anderen Beiden blieben beisammen, indem sie offenbar warteten, bis sie mir, sobald ich weiter gehen würde, wieder folgen könnten.

Ich setzte meinen Weg fort, ohne sie gewahr werden zu lassen, daß ich sie bemerkt hatte. Ich war in diesem Augenblicke nicht besonders aufgebracht über sie – im Gegentheil, sie belebten meine sinkenden Hoffnungen wieder etwas. Ihr Wiedererscheinen erinnerte mich, daß Sir Percival meinen Besuch in der Kirche von Alt-Welmingham als nächste Folge meiner Unterredung mit Mrs. Catherick vorausgesehen – widrigenfalls er sicher nicht seine Spione dorthin geschickt haben würde, um mich zu erwarten. So glatt und offen die Sache sich in der Sacristei auch herausgestellt, so war doch etwas Verkehrtes darunter – es war in dem Kirchenbuche etwas, das ich vielleicht noch nicht ausfindig gemacht hatte.

X.

Der Weg nach Knowlesbury war meistens gerade und eben. Jedesmal wenn ich mich umschaute, sah ich die beiden Spione mir ruhig folgen. Während der größten Strecke des Weges hielten sie sich in sicherer Entfernung hinter mir. Aber ein paarmal beeilten sie ihre Schritte, wie wenn sie mich einholen wollten – standen dann stille – beriethen sich – und blieben in ihrer vorigen Entfernung zurück. Sie hatten offenbar irgend einen besonderen Zweck im Auge und schienen über die beste Art und Weise, denselben auszuführen, uneinig oder im Zweifel. Ich hegte ernstliche Befürchtungen, daß ich Knowlesbury nicht ohne Unfall erreichen würde. Diese Befürchtungen stellten sich als begründet heraus.

Ich war eben an einer einsamen Stelle des Weges angelangt, von wo ich eine scharfe Biegung desselben in einiger Entfernung vor mir sah, und war gerade zu dem Schlusse gekommen (indem ich eine Zeitberechnung machte), daß ich mich der Stadt nähern müsse, als ich plötzlich die Schritte der Männer dicht hinter mir hörte.

Ehe ich mich noch umschauen konnte, ging der eine von ihnen (der Mann, welcher mir in London gefolgt war) schnell zu meiner linken Seite an mir vorbei und stieß mich mit seiner Schulter. Ich hatte mich durch die Art und Weise, in welcher er und sein Gefährte mich von Welmingham aus verfolgt, heftiger aufreizen lassen, als ich mir dessen selbst bewußt, und ließ mich hiedurch unglücklicherweise hinreißen, den Menschen ziemlich herzhaft mit der flachen Hand von mir zu stoßen. Er fing augenblicklich an, um Hilfe zu rufen, worauf sein Gefährte – der stämmige Bursche in der Wildhüterkleidung – an meine rechte Seite sprang – und im nächsten Augenblicks hielten sie mich geknebelt mitten auf dem Wege zwischen sich.

Die Ueberzeugung, daß man mir eine Falle gelegt, und der Verdruß darüber, daß ich in dieselbe gegangen war, hielten mich glücklicherweise davon ab, meiner Lage durch einen nutzlosen Kampf mit zwei Männern, von denen der eine wahrscheinlich allein schon mehr als genug für mich gewesen wäre, noch zu verschlimmern. Ich blickte umher, um zu sehen, ob Niemand in der Nähe sei, dessen Hilfe ich anrufen könne.

Ein Bauer arbeitete in einem nahen Felde; er mußte gesehen haben, was sich zugetragen, und ich forderte ihn daher auf, uns nach der Stadt zu folgen. Er schüttelte mit dummer Beharrlichkeit den Kopf und ging fort einem Häuschen zu, das etwas von der Landstraße abgelegen war. Zu gleicher Zeit erklärten die beiden Männer, welche mich hielten, ihre Absicht, mich eines Angriffes auf sie anzuklagen. Ich war jetzt ruhig und klug genug, keine Einwendungen weiter zu machen. »Laßt meinen Arm los,« sagte ich, »und ich will euch in die Stadt folgen,« Der Mann in der Wildhüterkleidung äußerte eine grobe Weigerung. Der andere aber war schlau genug, um an die Folgen zu denken und seinem Gefährten nicht zu gestatten, sich durch unnütze Gewaltthätigkeit zu compromittiren. Er gab ihm ein Zeichen, und ich ging dann frei zwischen den Beiden.

Wir langten an der Biegung im Wege an und da dicht vor uns war die Vorstadt von Knowlesbury. Einer der Ortsconstabler ging dem Pfade entlang. Die Männer riefen ihn augenblicklich an. Er entgegnete, daß der Magistrat augenblicklich im Gerichtssaale versammelt sei, und empfahl uns, sogleich dorthin zu gehen.

Wir gingen nach dem Rathhause. Der Gerichtsschreiber fertigte eine Vorladung aus und die Anklage gegen mich wurde dann mit den bei solchen Gelegenheiten üblichen Übertreibungen und Verdrehungen vorgebracht. Der Richter (ein unfreundlicher Mann mit einem sauren Wohlbehagen an der Ausübung seiner Macht) frug, ob irgend Jemand auf oder neben dem Wege Zeuge des Angriffes gewesen und zu meiner großen Ueberraschung gaben die Kläger die Anwesenheit des Bauern im Felde zu. Ich wurde jedoch durch die nächsten Worte des Richters über den Zweck dieser Zugabe aufgeklärt. Er verwies mich sofort auf die Vorführung des Zeugen, wobei er zugleich seine Bereitwilligkeit aussprach, Bürgschaft für mein Erscheinen zu nehmen, falls ich ihm eine solche zu bieten im Stande sei. Wäre ich in der Stadt bekannt gewesen, so würde er mich auf mein eigenes persönliches schriftliches Unterpfand entlassen haben; da ich aber dort vollkommen fremd war, so war es nothwendig, daß ich eine verantwortliche Bürgschaft stellte.

Der ganze Zweck des Streiches war mir jetzt klar. Man hatte es so eingerichtet, daß ein gerichtlicher Aufschub nothwendig war in einem Orte, wo ich vollkommen fremd und es mir deshalb unmöglich war, meine Freiheit durch Bürgschaft wieder zu erhalten. Dieser Aufschub erstreckte sich auf bloß drei Tage: bis zur nächsten Magistratssitzung. Doch inzwischen konnte Sir Percival von allen möglichen Mitteln Gebrauch machen, um mein ferneres Fortschreiten zu verhindern – vielleicht sich ganz und gar gegen Entdeckung schützen – und zwar ohne von meiner Seite das geringste Hindernis befürchten zu müssen. Nach Verlauf von drei Tagen würde die Anklage ohne Zweifel zurückgenommen werden und das Erscheinen des Zeugen unnöthig sein.

Meine Entrüstung, ich möchte fast sagen, meine Verzweiflung über diese unheilvolle Störung all meiner ferneren Fortschritte – die an sich so erbärmlich und unbedeutend, aber in ihren wahrscheinlichen Folgen so entmuthigend und bedeutungsvoll war – machte mich zuerst ganz unfähig, über die Mittel nachzusinnen, durch welche ich mich aus diesem Dilemma ziehen könnte, plötzlich bot sich jedoch meinem Geiste ein Verfahren dar, auf welches Sir Percival wahrscheinlich nicht gerechnet hatte und das mich in wenigen Stunden wieder in Freiheit setzen konnte. Ich beschloß, Mr. Dawson in Oak Lodge von der Lage zu unterrichten, in der ich mich befand.

Ich hatte das Haus dieses Herrn bei Gelegenheit meiner ersten Nachforschungen in der Umgegend von Blackwater Park besucht und hatte ihm einen Brief von Miß Halcombe überbracht, in welchem diese mich ihm in den wärmsten Ausdrücken empfohlen. Ich schrieb jetzt an ihn und berief mich auf jenen Brief, sowie auf das, was ich Mr. Dawson damals von der zarten und gefährlichen Natur meiner Nachforschungen anvertraut hatte. Ich hatte ihn nicht mit der Wahrheit in Bezug auf Laura bekannt gemacht, sondern ihm meinen Zweck bloß als von der größten Wichtigkeit für Familienangelegenheiten beschrieben, die Miß Halcombe nahe angingen. Indem ich auch jetzt noch dieselbe Vorsicht gebrauchte, erklärte ich ihm meine Anwesenheit in Knowlesbury auf dieselbe Weise – und überließ es dann dem Doctor zu bestimmen, ob das Vertrauen, welches eine Dame, die er wohl kannte, in mich gesetzt, und die Gastfreundschaft, welche ich selbst in seinem Hause erfahren, mich rechtfertigten, indem ich ihn bitte, mir in einem Orte zu Hilfe zu kommen, an dem ich vollkommen unbekannt sei.

Ich erhielt Erlaubnis, mir einen Boten zu miethen, der augenblicklich mit dem Briefe in einem Wagen wegfuhr, in welchem er den Doctor gleich mitbringen konnte. Oak Lodge war zwischen Knowlesbury und Blackwater gelegen.

Es war kaum halb zwei Uhr, als der Bote fortfuhr und noch ehe es halb drei geschlagen, kehrte er schon zurück und brachte den Doctor mit. Des Doctors Freundlichkeit und das Zartgefühl, mit dem er seinen schnellen Beistand wie eine Sache darstellte, die sich ganz von selbst verstehe, überwältigten mich fast. Die erforderliche Bürgschaft wurde sofort geboten und angenommen. Noch vor vier Uhr desselben Nachmittags konnte ich als freier Mann auf der Straße von Knowlesbury dem guten alten Doctor mit einem warmen Händedrucke danken.

Mr. Dawson gab mir eine gastfreundliche Einladung, mit ihm nach Oak Lodge zurückzukehren und die Nacht in seinem Hause zu bleiben. Ich konnte ihm nur antworten, daß meine Zeit nicht mir gehöre, und ihn nur um die Erlaubnis bitten, ihm in wenigen Tagen meinen Besuch machen zu dürfen, um ihm alle Erklärungen zu geben, zu denen er berechtigt, die ich aber augenblicklich noch nicht zu machen in der Lage war. Wir schieden mit gegenseitigen Freundschaftsversicherungen und ich wandte meine Schritte darauf sofort nach Mr. Wansborough's Geschäftslocale in der Hochstraße.

Die Nachricht, daß ich in Freiheit gesetzt worden, mußte Sir Percival unfehlbar noch vor Einbruch der Nacht erreichen. Der gewissenlose Charakter des Mannes, sein Einfluß in der Umgegend, die verzweifelte Gefahr der Bloßstellung, mit der meine blindlings angestellten Nachforschungen ihn bedrohten – alles dies ließ mich die Nothwendigkeit fühlen, der Entdeckung nachzusetzen, ohne auch nur eine Minute zu verlieren. Gewisse Abschnitte in der Unterhaltung des redseligen alten Küsters, welche mich zur Zeit gelangweilt, stellten sich meinem Geiste nachträglich in einem neuen bedeutungsvolleren Lichte dar und es kam mir ein dunkler Verdacht, der mir in der Sacristei nicht in den Sinn gekommen war. Auf meinem Wege nach Knowlesbury hatte ich nichts weiter beabsichtigt, als Mr. Wansborough in Bezug auf Sir Percivals Mutter zu befragen. Jetzt aber beschloß ich, die Abschrift des Kirchenbuches zu Alt-Welmingham zu untersuchen.

Mr. Wansborough war auf seiner Expedition, als ich nach ihm frug.

Er hatte mehr das Aussehen eines vergnügten Landmannes, als das eines Advocaten – und schien sowohl erstaunt als belustigt über mein Anliegen. Er hatte von seines Vaters Abschrift des Kirchenbuches allerdings gehört, sie selbst aber noch nie gesehen. Man hatte nie danach gefragt, doch werde es ohne Zweifel in der Sicherheitskammer unter den übrigen Papieren liegen, welche seit seines Vaters Ableben nie angerührt worden. Mr. Wansborough meinte, es sei jammerschade, daß der alte Herr nicht da sei, um zu hören, wie Jemand endlich seine kostbare Abschrift zu sehen verlange. Er würde danach sein Steckenpferd eifriger denn je geritten haben, wie war ich dazu gekommen, von der Abschrift zu hören? Durch irgend Jemanden in der Stadt?

Ich wich diesen Fragen aus, so gut ich konnte. Es war unmöglich gewesen, in diesem Stadium in meinen Nachforschungen zu vorsichtig zu sein, aber auch wichtig, Mr. Wansborough nicht vor der Zeit wissen zu lassen, daß ich das Original bereits untersucht hatte. Ich gab ihm daher zu verstehen, daß ich in einer Familienangelegenheit Erkundigungen einziehe, bei der jeder Augenblick von größter Wichtigkeit sei. »Ich wünsche ganz besonders,« sagte ich ihm, »noch mit der Abendpost gewisse Einzelheiten über die Sache nach London abzusenden, und ein einziger Blick in die Abschrift (wofür ich natürlich das übliche Honorar zahlen werde) kann mich von dem unterrichten, dessen ich bedarf, um mir eine fernere Reise nach Alt-Welmingham zu ersparen.« Ich fügte noch hinzu, daß, falls ich fernerhin noch eine Abschrift des Originals gebrauchte, ich mich dieserhalb an Mr. Wansborough wenden würde.

Nach dieser Erklärung von meiner Seite wandte er nichts dagegen ein, mir die Abschrift zu zeigen. Es wurde ein Schreiber in die Sicherheitskammer hinaufgeschickt und derselbe kehrte nach einer Weile mit dem Buche zurück. Es war genau von derselben Größe, wie das in der Sacristei, und der einzige Unterschied zwischen beiden Büchern bestand darin, daß die Abschrift schöner gebunden war. Meine Hände zitterten – meine Stirn glühte – ich war mir der Notwendigkeit bewußt, meine Aufregung vor den Leuten, die im

Zimmer anwesend waren, zu verbergen, ehe ich das Buch aufschlug.

Auf der leeren Seite am Anfange des Buches, welche ich zuerst betrachtete, standen mit vergilbter Tinte einige Zeilen geschrieben. Dieselben enthielten folgende Worte:

»Abschrift des Heiratsregisters in der Pfarrkirche zu Alt-Welmingham. Auf meine Anordnung abgefaßt und später von mir selbst genau mit dem Original verglichen. (Unterzeichnet:) Robert Wansborough, Kirchspielschreiber.«

Unter dieser Anmerkung stand eine Zeile in einer anderen Handschrift:

»Berichtigt vom 1. Januar 1800 bis zum 30. Juni 1815.«

Ich wandte mich zum Monat September 1803. Ich fand die Heirat des Mannes, der meinen Taufnamen trug. Ich fand das doppelte Certificat der beiden Brüder, welche zugleich geheiratet hatten. Und zwischen diesen beiden am unteren Ende der Seite –?

Nichts! Auch nicht die Spur von dem Certificate, welches im Kirchenbuche die Vermählung von Sir Felix Glyde und Cäcilie Jane Elster berichtete!

Mein Herz flog und pochte, als ob ich ersticken müßte. Ich blickte noch einmal hin – ich fürchtete meinen Augen zu trauen. Nein! Kein Zweifel mehr. Die Heirat war nicht verzeichnet. Die Certificate in der Abschrift nahmen genau dieselben Stellen auf der Seite ein, wie die im Originale. Das letzte auf der einen Seite war das des Mannes mit meinem Taufnamen. Darunter war ein leerer Raum – offenbar leer gelassen, weil er nicht groß genug gewesen, um das doppelte Certificat der beiden Brüder aufzunehmen, welches in der Abschrift wie in dem Originale die Stelle an der Spitze der nächsten Seite einnahm. Dieser Raum erzählte die ganze Geschichte! In dem Kirchenbuche mußte derselbe von 1803 an (wo die stattgehabten Vermählungen dort eingetragen worden) bis 1827 geblieben sein, wo Sir Percival in Alt-Welmingham erschien. Hier in Knowlesbury sah ich die Gelegenheit zu der Fälschung in der Abschrift – und dort in Alt-Welmingham war dieselbe in dem Kirchenbuche benutzt worden!

Es schwindelte mir. Von all den verschiedenen Arten des Verdachtes, welche sich mir in Bezug auf jenen verzweifelten Mann aufgedrängt hatten, war nicht eine einzige der Wahrheit nahe gekommen. Der Gedanke, er sei überhaupt gar nicht Sir Percival Glyde und habe nicht mehr Anrecht an der Baronetschaft und an Blackwater Park als der ärmste Bauer auf der Besitzung, war mir keinen Augenblick in den Sinn gekommen. Zu einer Zeit hatte ich gedacht, er sei vielleicht Anna Catherick's Vater; dann, daß er mit ihr verheiratet gewesen – aber das Vergehen, dessen er sich in Wirklichkeit schuldig gemacht, war meinen ausschweifendsten Muthmaßungen ferngeblieben.

Ich war überwältigt von der Betrachtung der erbärmlichen Mittel, durch welche die Fälschung bewerkstelligt worden, durch die Größe und das Wagnis des Verbrechens und das Entsetzen vor den Folgen der Entdeckung desselben. Wer konnte sich jetzt noch über die brutale Unruhe der Lebensweise des Elenden wundern; über die Tollheit seines schuldbewußten Mißtrauens, in welchem er Anna Catherick in die Irrenanstalt gesperrt und in den schändlichen Verrath gegen seine Frau gewilligt hatte, in dem bloßen Argwohne, daß die Eine wie die Andere sein furchtbares Geheimnis wisse? Die Enthüllung dieses Geheimnisses hätte in früheren Jahren Hinrichtung und jetzt lebenslängliche Deportation zur Folge haben können. Sie mußte ihn mit *einem* Schlage seines Namens, seines Ranges, seiner Besitzungen und der ganzen gesellschaftlichen Stellung berauben, die er sich angemaßt hatte. Dies war das *Geheimnis*, und es war mein! Ein Wort von mir und – Haus, Güter, Titel – er hatte Alles auf immer verloren, er wurde als namenloser, mittelloser, freundloser Ausgestoßener in die Welt hinaus getrieben! Des Mannes ganze Zukunft hing an meinen Lippen – und in diesem Augenblicke wußte er dies bereits ebenso gewiß wie ich selbst!

Dieser letztere Gedanke gab mir einige Festigkeit wieder. Es gab keine erdenkliche Schändlichkeit, von der Sir Percival nicht Gebrauch gegen mich machen würde. In der Gefahr und Verzweiflung seiner Lage würde er sich durch kein Wagnis, durch kein Verbrechen zurückschrecken lassen – er würde buchstäblich vor nichts erbeben, das ihn retten konnte.

Ich sann einen Augenblick nach. Die erste Notwendigkeit für mich war, ein geschriebenes Zeugnis dessen zu erhalten, was ich gesehen hatte, und dasselbe für den Fall, daß mir ein persönlicher Unfall begegnen sollte, so unterzubringen, daß Sir Percival seiner nicht habhaft werden konnte Die Abschrift des Kirchenbuches war in Mr. Wansborough's Sicherheitskammer wohl verwahrt. Das Original aber in der Sacristei war, wie ich mit eigenen Augen gesehen, nichts weniger als das.

In dieser dringenden Gefahr beschloß ich, nach der Kirche zurückzukehren, mich nochmals an den Küster zu wenden und mir den nöthigen Auszug aus dem Kirchenbuche zu machen. Es war mir damals noch nicht bekannt, daß eine gerichtlich attestirte Abschrift nothwendig war und daß kein Document, das ich allein abgefaßt, als genügender Beweis angenommen werden würde. Meine größte, einzige Sorge war die, nach Welmingham zurückzukehren. Ich erklärte so gut ich konnte die Bestürzung und Aufregung meines Wesens, welche Mr. Wansborough bereits bemerkt hatte, legte das Honorar auf den Tisch, kam mit ihm überein, daß ich ihm in wenigen Tagen schreiben werde, und verließ dann die Expedition, während mein Gehirn sich im Wirbel drehte.

Es fing eben an dunkel zu werden. Mir kam der Gedanke, daß man mich vielleicht auf der Landstraße abermals belauern und angreifen werde.

Ich ging, ehe ich Knowlesbury verließ, in einen Kaufladen und versah mich mit einem starken Landknüttel, der ziemlich kurz und am Kopfende gewichtig war. Mit dieser einfachen Waffe war ich jedem einzelnen Manne, der mich angreifen mochte, gewachsen. Falls mehr als einer kamen, so konnte ich mich auf die Schnelligkeit meiner Beine verlassen. Es hatte mir während meiner vielfachen Abenteuer in Central-Amerika nicht an Uebung gefehlt.

Ich verließ die Stadt mit schnellen Schritten und hielt mich in der Mitte des Weges.

Es fiel ein nebelartiger kleiner Staubregen und es war mir deshalb während der ersten Hälfte des Weges unmöglich, zu entdecken, ob ich verfolgt werde oder nicht. Als ich aber auf der letzten Hälfte angelangt und mich etwa zwei Meilen von der Kirche entfernt wähnte, sah ich einen Mann im Regen an mir vorbeilaufen – und hörte dann ein Feldpförtchen am Wege heftig zuschlagen. Ich setzte meinen Weg gerade fort, wobei ich meinen Knüttel zur Vertheidigung bereit hielt und mit Ohren und Augen die Finsternis zu durchdringen mich anstrengte. Ehe ich noch hundert Ellen weiter geschritten, rauschte es in dem Gesträuche zu meiner Rechten und drei Männer stürzten in den Weg hinaus.

Ich sprang augenblicklich zur Seite auf den Fußpfad hinauf. Die beiden wurden durch die Gewalt ihres Sprunges an mir vorbei getrieben; der dritte war schnell, wie der Blitz. Er stand still, wandte sich halb um und schlug mit seinem Stocke nach mir. Der Schlag geschah auf's Gerathewohl und war kein sehr schmerzhafter; er fiel auf meine linke Schulter. Ich gab ihm denselben verstärkt auf den Kopf zurück. Er taumelte und fiel gegen seine beiden Gefährten, gerade als diese auf mich losfahren wollten. Dieser Umstand gab mir einen augenblicklichen Vortheil. Ich schlüpfte an ihnen vorüber wieder in die Mitte des Weges hinein und rannte davon, so schnell, wie meine Füße mich nur tragen konnten.

Die beiden Unverletzten verfolgten mich. Sie waren beide gute Läufer, der Weg glatt und eben, und während der ersten fünf Minuten war ich mir bewußt, daß ich die Entfernung zwischen mir und ihnen nicht vergrößerte. Es war eine gefährliche Sache, lange in der Dunkelheit dahin zu rennen. Ich konnte kaum die undeutliche schwarze Linie der Hecken zu beiden Seiten unterscheiden und das geringste Hindernis auf dem Wege hätte mich ohne Fehl niedergeworfen. Bald fühlte ich, daß der Boden sich veränderte: bei einer Biegung ging er abwärts und fing dann wieder an aufwärts zu steigen. Bergab kamen die Männer mir etwas näher, aber so wie es bergan ging, ließ ich sie bedeutend hinter mir zurück. Das rasche regelmäßige Stampfen ihrer Füße fiel immer schwächer an mein Ohr, und ich berechnete nach dem Klange, daß ich jetzt weit genug von ihnen sei, um in das Feld zu laufen, wobei ich dann Hoffnung hatte, daß sie in der Dunkelheit an mir vorbeilaufen würden. Auf den Fußpfad springend, eilte ich auf die erste lichte Stelle in der Hecke los, die ich mehr errieth als sah; dieselbe stellte sich als eine verschlossene Pforte heraus. Ich schwang mich hinüber und lief, im Felde angelangt, im gemessenen Trabe, mit dem Rücken der Landstraße zugewandt, über dasselbe hin. Ich hörte die Männer an dem Pförtchen vorüberrennen – dann, eine Minute später, wie der eine den anderen zurückrief. Es war mir jedoch einerlei, was sie jetzt thaten, denn ich befand mich bereits außer ihrem Bereiche. Ich lief gerade über das Feld hin, und am entgegengesetzten Ende desselben angelangt, stand ich einen Augenblick stille, um wieder zu Athem zu kommen.

Es war unmöglich, mich auf die Landstraße zurückzuwagen; dennoch war ich aber fest entschlossen, diesen Abend noch nach Alt-Welmingham zurückzukehren.

Weder Mond noch Sterne ließen sich blicken, um mir zu leuchten. Ich wußte bloß, daß ich, als ich Knowlesbury verlassen, Wind und Regen im Rücken gehabt, und falls ich diese Richtung auch jetzt beibehielt, so konnte ich wenigstens annehmen, daß es nicht die ganz verkehrte war.

Hiernach eilte ich über die Felder dahin – ohne anderen Hindernissen als Gräben, Hecken und Gebüschen zu begegnen, welche mich hin und wieder nöthigten, ein wenig von meiner Richtung abzuweichen – bis ich mich auf einer Anhöhe fand, wo der Boden sich steil vor mir abwärts senkte. Ich stieg in die Vertiefung hinab, drückte mich durch eine Hecke und befand mich dann auf einem Nebenwege. Da ich, als ich die Landstraße verlassen, mich rechts gewendet, so wandte ich mich, in der Hoffnung, dadurch wieder in die Linie zurückzukehren, welche ich verlassen, jetzt wieder links. Nachdem ich ungefähr zehn Minuten lang auf dem schmutzigen Nebenwege dahingegangen war, erblickte ich ein Häuschen, dessen Fenster erleuchtet waren. Das Gartenpförtchen nach der Straße zu war offen, und ich trat sofort hinein, um mich nach dem Wegs zu erkundigen.

Ehe ich noch an die Thür klopfen konnte, wurde dieselbe plötzlich geöffnet, und ein Mann kam mit einer brennenden Laterne herausgelaufen. Er stand still und hielt die Laterne empor, und wir standen beide überrascht da, als wir einander erblickten. Meine Irrfahrten hatten mich außen um das Dorf herum und am Ende desselben hineingeführt. Ich war in Alt-Welmingham, und der Mann mit der Laterne war niemand Anderer als der alte Küster.

Sein Wesen schien sich, seit ich ihn zuletzt gesehen, auf seltsame Weise verändert zu haben. Er sah argwöhnisch und verändert aus und seine ersten Worte, als er mich anredete, waren mir vollkommen unverständlich.

»Wo sind die Schlüssel?« frug er. »Haben Sie dieselben genommen?«

»Welche Schlüssel?« frug ich. »Ich komme in diesem Augenblicke aus Knowlesbury zurück, von welchen Schlüsseln sprechen Sie?«

»Die Schlüssel zur Sacristei. Der Herr erbarme sich unser! Was soll ich machen? Die Schlüssel sind fort! Hören Sie wohl?« schrie der alte Mann, in seiner Aufregung die Laterne gegen mich schüttelnd, »die Schlüssel sind fort!«

»Wer kann sie genommen haben?«

»Ich weiß nicht,« sagte der Küster, in der Finsternis wild um sich stierend. »Ich bin eben erst wieder nach Hause gekommen. Ich sagte Ihnen heute Morgen, ich habe heute lange zu thun – ich verschloß die Thür und das Fenster ebenfalls – und jetzt ist es offen. Sehen Sie! Es ist Jemand hineingestiegen und hat die Schlüssel genommen!«

Er wandte sich dabei nach dem Fenster zu, um mir zu zeigen, daß es offen war. Das Thürchen der Laterne öffnete sich bei seinem Schwenken derselben, und der Luftzug blies das Licht aus.

»Holen Sie sich schnell ein anderes Licht,« rief ich, »und lassen Sie uns dann zusammen nach der Sacristei eilen. Schnell! schnell!«

Ich trieb ihn in's Haus. Den Anschlag, den zu erwarten ich alle Ursache hatte und der mich jedes Vortheils berauben konnte, den ich bisher gewonnen, war man vielleicht in diesem Augenblicke schon auszuführen im Begriffe. Meine Ungeduld, nach der Kirche zu kommen, war so groß, daß ich, während der Küster nach Licht suchte, nicht unthätig in der Hütte bleiben konnte. Ich ging den Gartensteig entlang in die Straße hinunter. Ehe ich noch zehn Schritte gegangen war, kam mir ein Mann von der Kirche her entgegen. Er redete mich achtungsvoll an, als er mir näher kam. Ich konnte sein Gesicht nicht sehen; doch nach der Stimme allein zu urtheilen, war er mir gänzlich fremd.

»Ich bitte um Verzeihung, Sir Percival –« begann er.

Ich unterbrach ihn, ehe er weiter sprechen konnte.

»Die Dunkelheit täuscht Sie,« sagte ich, »ich bin nicht Sir Percival.«

Der Mann trat schnell zurück.

»Ich glaubte, es sei mein Herr,« murmelte er auf verwirrte, unsichere Weise.

»Sie erwarteten, Ihren Herrn hier zu treffen?«

»Ich hatte Befehl, ihn hier im Nebenwege zu erwarten.«

Mit dieser Antwort ging er wieder in der Richtung zurück, aus der er gekommen war. Ich schaute mich nach der Hütte um und sah den Küster mit der Laterne herauskommen. Ich nahm des alten Mannes Arm, um ihm umso schneller fortzuhelfen, wir eilten den Weg entlang und kamen an dem Manne vorbei, welcher mich angeredet hatte. So gut ich dies bei dem Lichte der Laterne zu sehen vermochte, war er ein Diener ohne Livree.

»Wer ist das?« flüsterte der Küster, »Weiß er etwas von den Schlüsseln?«

»Wir wollen uns nicht damit aufhalten, ihn zu fragen,« antwortete ich, »sondern schnell erst nach der Sacristei eilen.«

Die Kirche war selbst bei Tage nicht eher zu sehen, als bis man am Ende des Nebenweges stand. Als wir die kleine Anhöhe hinanstiegen, welche von diesem Punkte aus nach dem Gebäude führte, kam eins der Dorfkinder – ein Knabe – dicht zu uns heran und erkannte beim Lichte unserer Laterne den Küster.

»Wißt Ihr was, Meister,« sagte der Bursche, den Küster am Rocke zupfend, »'s ist da oben wer in der Kirche. Ich hörte ihn die Thür hinter sich schließen – und hörte ein Licht anmachen.«

Der Küster zitterte und lehnte sich schwer auf meinen Arm.

»Kommt! kommt!« sagte ich, ihn ermuthigend. »Wir kommen noch nicht zu spät, wir wollen ihn fangen, wer er auch sei. Halten Sie die Laterne fest und folgen Sie mir, so schnell Sie können.«

Ich stieg schnell den Hügel hinan. Die dunkle Masse des Kirchthurmes war das erste, was ich undeutlich sich auf dem Nachthimmel abzeichnen sah. Als ich zur Seite bog, um nach der Sacristei zu gehen, hörte ich schwere Schritte dicht neben mir. Der

Bediente war uns zur Kirche gefolgt. »Ich beabsichtige Ihnen kein Leides zu thun,« sagte er, als ich mich schnell zu ihm wandte, »ich suche bloß meinen Herrn.«

Der Ton, in dem er dies sagte, verrieth deutlich, daß er in Furcht war. Ich nahm keine Notiz von ihm und ging weiter.

Sowie ich um die Ecke kam und die Sacristei sehen konnte, sah ich, daß das Gewölbefenster auf dem Dache hell von innen erleuchtet war. Dasselbe leuchtete mit einer blendenden Helle gegen den dunklen, sternlosen Himmel.

Ich lief durch den Kirchhof der Thür zu.

Als ich näher kam, stahl sich ein sonderbarer Geruch durch die feuchte, stille Luft mir entgegen. Ich hörte drinnen ein Geräusch, wie von einem zusammenschnappenden Schlosse – ich sah das Licht oben heller und heller werden – eine Glasscheibe zersprang – ich rannte auf die Thür zu und legte meinen Arm dagegen. Die Sacristei brannte!

Ehe ich mich noch rühren, ehe ich nach dieser Entdeckung Athem schöpfen konnte, erfüllte mich ein schwerer Fall von innen gegen die Thür mit Entsetzen. Ich hörte, wie der Schlüssel heftig im Schlosse hin und her gedreht wurde – ich hörte hinter der Thür die Stimme eines Mannes in entsetzlich gellenden Tönen um Hilfe schreien.

Der Bediente, der mir gefolgt war, fuhr schaudernd zurück und fiel auf seine Kniee. »O mein Gott!« rief er aus, »es ist Sir Percival!«

Als die Worte seinen Lippen entfuhren, trat der Küster zu uns – und in demselben Augenblicke ließ sich das Geräusch des Schlüssels im Schlosse noch einmal und zum letzten Male hören.

»Der Herr erbarme sich seiner Seele!« rief der Küster aus. »Er ist des Todes. Er hat das Schloß verdreht!«

Ich stürzte gegen die Thür. Der eine, Alles verzehrende Gedanke, der seit Wochen mein ganzes Innere erfüllt und alle meine Handlungen geleitet hatte, schwand in einer Sekunde aus meinem Geiste. Alle Erinnerungen an das grenzenlose Elend, welches des Mannes herzloses Verbrechen verursacht hatte, an die Liebe, die Unschuld und das Glück, die er so erbarmungslos mit Füßen getreten, an den

Eid, den ich im eigenen Herzen geschworen, daß ich furchtbare Rechenschaft von ihm fordern wolle – schwanden wie ein Traum aus meinem Gedächtnisse. Ich dachte an nichts weiter, als an das Entsetzliche seiner Lage; ich fühlte nichts als den natürlichen Drang, ihn von einem furchtbaren Tode zu retten.

»Versuchen Sie die andere Thür!« schrie ich ihm zu, »versuchen Sie die andere Thür, die in die Kirche führt! Sie sind des Todes, wenn Sie noch einen Augenblick verlieren!«

Es hatte sich, als der Schlüssel zum letzten Male im Schlosse umgedreht wurde, kein erneuerter Hilferuf hören lassen, und es war jetzt kein Ton irgend einer Art mehr zu vernehmen, der uns bewiesen hätte, daß er noch am Leben sei. Ich vernahm nichts, als das immer schnellere Knistern der Flammen und das scharfe Zerspringen der Glasscheiben im Gewölbefenster.

Ich sah mich um nach meinen beiden Begleitern. Der Diener hatte die Laterne ergriffen und hielt dieselbe mit geistesabwesendem Gesichte gegen die Thür. Der Schreck schien ihn geradezu mit Blödsinn geschlagen zu haben – er wartete an meinen Fersen und folgte mir, wohin ich mich wandte, wie ein Hund. Der Küster saß stöhnend und bebend auf einem Grabsteine. Der kurze Blick, den ich auf die Beiden warf, genügte, um mich zu überzeugen, daß ich von ihnen keine Hilfe zu erwarten hatte.

Indem ich kaum wußte, was ich that und nur nach dem Drange meiner Gefühle handelte, erfaßte ich den Diener und stieß ihn gegen die Mauer der Sacristei. »Bücken Sie sich!« sagte ich, »und halten Sie sich an den Steinen. Ich werde über Sie auf's Dach steigen – ich werde das Gewölbenfenster einbrechen und ihm etwas Luft geben!«

Der Mann zitterte am ganzen Leibe, aber er stand fest. Ich stieg, mit meinem Knüttel im Munde, auf seinen Rücken, faßte die Vormauer mit beiden Händen und hatte mich im Nu auf das Dach geschwungen. In der wahnsinnigen Eile und Aufregung des Augenblickes fiel es mir gar nicht ein, daß ich, anstatt bloß die Luft hineinzulassen, die Flamme herauslassen würde. Ich schlug auf das Gewölbefenster und zerbrach das zersprungene, gelöste Glas mit einem Schlage. Das Feuer sprang heraus wie ein wildes Thier aus seinem Hinterhalte. Hätte der Wind es nicht glücklicherweise in der

Richtung von mir fort getrieben, so hätten hiemit alle meine Bemühungen ihr Ende erreicht. Ich kauerte auf dem Dache nieder als Rauch und Flamme über mich hinausströmten. Das Leuchten des Feuers zeigte mir das Gesicht des Dieners, das blödsinnig zu mir heraufstierte; den Küster, der aufgestanden war und in Verzweiflung die Hände rang, und die spärliche Bevölkerung des Dorfes, bleiche Männer und erschrockene Frauen, die sich außerhalb des Kirchhofes drängten – die Alle in der furchtbaren Gluth der Flammen auftauchten und in dem schwarzen, erstickenden Rauche wieder verschwanden. Und der Mann unter mir! – der Mann der uns Allen so nahe und so hoffnungslos außer unserem Bereiche erstickte, verbrannte, starb!

Der Gedanke machte mich beinahe wahnsinnig. Ich ließ mich an den Händen vom Dache herunter und fiel auf den Boden.

»Den Schlüssel zur Kirche!« schrie ich dem Küster zu. »wir müssen es von der anderen Seite versuchen – wir mögen ihn noch retten können, wenn wir die innere Thür sprengen.«

»Nein, nein, nein!« schrie der alte Mann. »Keine Hoffnung! Der Schlüssel zur Kirchenthür und der zur Sacristei sind an demselben Ringe – beide da drinnen! O, Sir, er ist nicht mehr zu retten – er ist jetzt schon Staub und Asche!«

»Sie werden das Feuer von der Stadt aus sehen,« sagte eine Stimme unter den Leuten zu mir. »Sie haben eine Feuerspritze in der Stadt. Sie werden die Kirche retten.«

Es mußte wenigstens eine Viertelstunde währen, ehe die Feuerspritze uns zu Hilfe kommen konnte. Der grauenvolle Gedanke, so lange in Unthätigkeit zu bleiben, war mehr, als ich ertragen konnte. Trotz Allem, was meine eigene Vernunft mir sagte, überredete ich mich, daß der Unglückliche bewußtlos in der Sacristei am Boden liege und noch nicht todt sei. Falls wir die Thür sprengten, konnten wir ihn nicht noch retten? Ich wußte, wie stark das schwere Schloß war und wie dick die Thür von nägelbeschlagenem Eichenholze – ich wußte, wie hoffnungslos es sei, eins oder das andere auf gewöhnlichem Wege anzugreifen. Aber gab es denn in den abgerissenen Hütten rund umher keinen Balken? Konnten wir uns nicht einen solchen holen und ihn als Sturmbock gegen die Thür anwenden?

Der Gedanke sprang auf in mir, wie die Flammen durch das zerschlagene Gewölbefenster gedrungen waren. Ich sprach zu dem Manne, welcher zuerst der Feuerspritze erwähnt hatte: »Haben Sie Ihre Spitzaxt zur Hand?« Ja, er hatte sie. »Und ein Beil, eine Säge und einen Reif?« Ja! ja! ja! »Fünf Schillinge für Jeden, der mir hilft!« Jener gierige zweite Hunger der Armuth: der Hunger nach Geld brachte sie sofort in Bewegung und Thätigkeit. »Zwei von euch – bringen noch Laternen mit. Zwei holen Spitzhacken und Brechwerkzeuge! Die Anderen mir nach, um einen Balken zu holen. Sie schrieen – mit gellenden, verhungerten Stimmen schrieen sie Hurrah! Die Frauen und Kinder stoben zu beiden Seiten auseinander, wir stürzten zusammen den Pfad vom Kirchhofe der ersten leeren Hütten zu hinunter. Kein Mann blieb zurück, außer dem Küster – dem armen, alten Küster, der schluchzend und jammernd auf einem Grabsteine den Verlust der Kirche betrauerte. Der Bediente folgte mir noch immer auf den Fersen; sein weißes, hilfloses, entsetztes Gesicht blickte dicht über meine Schulter hinweg, als wir uns in die Hütte drängten. Es lagen Sparren von der abgerissenen Decke am Boden – doch waren sie zu leicht. Ein Balken lag oben über unseren Häuptern, doch nicht außer dem Bereiche unserer Arme und Hacken – ein Balken, der an beiden Enden in der zerfallenen Mauer festsaß, um den der Boden und die Decke fortgebröckelt waren und über dem ein großes Loch im Dache den Himmel zeigte. Wir griffen den Balken an beiden Enden zugleich an. O Gott! wie fest er saß – wie uns Stein und Kalk widerstanden, wir hackten, hieben und rissen. Der Balken wich an einem Ende – er stürzte herunter, gefolgt von einer Schuttmasse. Die Weiber, die sich alle um den Eingang drängten, um uns zuzuschauen, stießen einen Schrei aus – die Männer einen lauten Ausruf – Zwei von ihnen lagen am Boden, doch unverletzt. Noch einen Riß mit gesamter Anstrengung – der Balken war an beiden Enden los. Wir hoben ihn auf. Jetzt an's Werk! Da ist das Feuer, das zum Himmel hinan speiet, heller denn je, um uns zu leuchten! vorsichtig den Pfad entlang, vorsichtig mit dem Balken – auf die Thür zu. Eins, zwei, drei – und los! Das Hurrahrufen erschallte unbezähmbar, wir haben die Thür bereits erschüttert; die Angeln müssen sich lösen, falls das Schloß sich sprengen läßt. Noch einen Stoß mit dem Balken! Eins, zwei, drei – los! Sie weicht! Das schleichende Feuer leckt uns aus jeder Spalte entgegen. Noch einen letzten Stoß! Die Thür bricht krachend ein. Eine große, angsterfüllte, athemlose, erwartungsvolle Stille halt jede lebende Seele umfangen. Wir suchen nach dem Körper. Die sengende Hitze, die unseren Gesichtern begegnet, treibt uns zurück: wir sehen nichts – oben, unten, im ganzen Zimmer sehen wir nichts als eine große Flammenmasse.

»Wo ist er?« flüsterte der Diener, blödsinnig in die Flammen stierend.

»Er ist Staub und Asche,« sagte der Küster. »Und die Bücher sind Staub und Asche – und o, ihr Herren! die Kirche wird auch bald Staub und Asche sein.«

Sie waren die einzigen Beiden, welche sprachen. Als sie wieder schwiegen, war nichts weiter zu hören, als das Knistern und Lodern der Flammen.

Horch'!

Ein scharfer, rasselnder Ton aus der Ferne – dann das hohle Trampeln von Pferdefüßen im schnellen Galop – dann das Getöse, der Alles übertönende Tumult von Hunderten von menschlichen Stimmen, die Alle zugleich schreien und rufen. Endlich ist die Feuerspritze da.

Die Leute um mich her wandten sich Alle vom Feuer dem Gipfel der Anhöhe zu. Der alte Küster versuchte, ihnen zu folgen, aber seine Kraft war erschöpft. Ich sah, wie er sich an einem der Grabsteine festhielt. »Rettet die Kirche!« rief er mit matter Stimme, wie wenn er schon jetzt von den Feuerleuten gehört zu werden erwartete. »Rettet die Kirche!«

Der Einzige, der sich nicht rührte, war der Bediente. Da stand er – die Augen noch immer mit demselben geistesabwesenden Blick auf die Flammen geheftet. Ich redete auf ihn ein und schüttelte ihn am Arme: er war nicht zu erwecken. Er flüsterte bloß immer wieder: »Wo ist er?«

In zehn Minuten war die Spritze aufgestellt; aus dem Brunnen auf der Hinterseite der Kirche versah man sie mit Wasser und trug dann den Schlauch an den Eingang der Sacristei. Falls man jetzt der Hilfe von mir bedurft, so hätte ich sie nicht leisten können. Meine Willenskraft war fort – meine Kräfte erschöpft – der Aufruhr meiner

Gedanken war jetzt, da ich wußte, er sei todt, auf furchtbare, plötzliche Weise gestillt. Ich stand nutzlos und hilflos da und stierte in das brennende Zimmer hinein.

Ich sah, wie man langsam das Feuer überwältigte. Die Helle der Gluth erbleichte – der Dampf erhob sich in weißen Wolken, und die glimmenden Aschenhaufen zeigten sich roth und schwarz auf dem Boden. Es trat eine Stille ein – dann begaben sich die Leute von der Feuerbrigade und von der Polizei an den Eingang – es erfolgte eine Berathung von leisen Stimmen – und dann wurden zwei von den Männern durch die Menge hindurch fortgeschickt.

Nach einer Weile ging ein großes Entsetzen durch das Gedränge, die lebendige Allee wurde langsam breiter. Die Männer kamen durch dieselbe mit einer Thür aus einer der leeren Hütten zurück. Sie trugen dieselbe an die Sacristei und gingen hinein. Die Polizei umringte abermals den Eingang; die Leute schlichen sich zu zweien und dreien aus der Menge heraus und stellten sich hinter die Polizei, um es zuerst zu sehen. Andere warteten in der Nähe, um es zuerst zu hören.

Die Berichte aus der Sacristei fingen an, unter die Menge zu kommen – dieselben gingen langsam von Munde zu Munde, bis sie den Ort erreichten, an dem ich stand. Ich hörte die Fragen und Antworten mit leisen, eifrigen Stimmen um mich her wiederholen.

»Haben sie ihn gefunden?« »Ja.« – »Wo?« »An der Thür. Mit dem Gesichte an der Thür.« »An welcher Thür?« »An der Thür, die in die Kirche führt.« – »Ist sein Gesicht verbrannt?« »Nein.« »Ja?« »Nein; versengt, aber nicht verbrannt. Er lag mit dem Gesichte gegen die Thür gelehnt sag' ich Euch ja.« – »Wer war er? Ein Lord, sagen sie.« »Nein, kein Lord. *Sir* Soundso; Sir heißt so viel wie Ritter.« »Und wie Baronet?« »Nein.« »Ja doch.« »Was wollte er da drinnen?« »Nichts Gutes, kannst du glauben!« – »That er es vorsätzlich?« »Ob er sich vorsätzlich verbrannt hat?« – »Ich meine nicht sich selbst, sondern ob er die Sacristei vorsätzlich verbrannt hat.« – »Sieht er sehr schrecklich aus?« »Entsetzlich«! – »Aber nicht im Gesichte?« »Nein, nein; im Gesichte nicht so schlimm.« – »Kennt ihn kein Mensch?« »Es ist da ein Mann, der sagt, er kennt ihn.« – »Wer?« »Ein Bedienter, heißt es. Aber er scheint ganz verdummt zu sein und die Polizei glaubt ihm nicht.« –»Weiß kein Mensch, wer es ist?«»Stille –!«

Die laute, klare Stimme eines Mannes in Autorität brachte das leise summende Gespräch um mich her augenblicklich zum Schweigen.

»Wo ist der Herr, der ihn zu retten versuchte?« frug die Stimme.

»Hier, Sir – hier ist er!« Dutzende von eifrigen Gesichtern drängten sich um mich und Dutzende von Armen trennten die Menge. Der Mann in Autorität kam mit einer Laterne in der Hand zu mir heran.

»Hieher, Sir, wenn's gefällig ist,« sagte er ruhig.

Es war mir nicht möglich, mich ihm zu widersetzen, als er meinen Arm erfaßte. Ich versuchte ihm zu erklären, daß ich den Todten nie zu dessen Lebzeiten gesehen – daß keine Hoffnung vorhanden sei, ihn durch einen Fremden, wie ich war, zu identificiren. Aber die Worte erstarben mir auf den Lippen. Ich war schwach, stille und hilflos.

»Kennen Sie ihn, Sir?«

Ich stand mitten in einem Kreise von Männern. Drei von ihnen, die mir gegenüber standen, hielten Laternen tief am Boden. Ihre Augen und die Augen aller Uebrigen waren erwartungsvoll auf mein Gesicht gerichtet. Ich wußte, was zu meinen Füßen lag – ich wußte, warum sie die Laternen so tief am Boden hielten.

»Können Sie ihn identificiren, Sir?«

Meine Blicke senkten sich langsam. Zuerst sahen sie nichts als ein grobes Canevastuch. Das Tröpfeln des Regens auf dasselbe war deutlich zu hören. Ich blickte weiter hinauf an dem Canevastuche entlang und da am Ende, steif, grimmig und schwarz in dem gelben Scheine – da lag sein todtes Gesicht.

So sah ich ihn zum ersten und letzten Male. Es war Gottes Wille gewesen, daß er und ich einander so begegneten!

XI.

Die Todtenschau fand am Nachmittags des folgenden Tages statt. Ich war nothwendigerweise unter den Zeugen, welche für die Untersuchung vorgeladen wurden.

Mein erstes am nächsten Morgen war, nach der Post zu gehen und den Brief zu fordern, den ich von Mariannen erwartete. Kein Wechsel der Verhältnisse, so außerordentlich derselbe auch sein mochte, konnte die eine große Sorge, die auf meinem Herzen lag, während ich von London abwesend war, in den Hintergrund drängen. Der Brief mit der Frühpost, welcher mir die einzige Sicherheit war, daß sich während meiner Abwesenheit kein Unfall ereignet hatte, war zugleich das ausschließliche Interesse, mit welchem mein Tag begann.

Zu meiner Beruhigung fand ich Mariannens Brief an mich auf der Post.

Es hatte sich nichts ereignet – sie waren Beide so wohl und sicher, wie zur Zeit, da ich sie verlassen. Laura schickte mir ihren Gruß und bat mich, sie einen Tag vor meiner Rückkehr von derselben in Kenntnis zu setzen. Ihre Schwester fügte, um mir diesen Wunsch zu erklären, hinzu, daß sie »beinahe einen Sovereign« aus ihrem eigenen Verdienste erspart habe und daß sie sich das Privilegium erbeten, das kleine Diner, das meine Heimkehr feiern sollte, selbst zu bestellen und anzuordnen. Ich las diese häuslichen kleinen Mittheilungen im hellen Morgenlichte mit der furchtbaren lebendigen Erinnerung an das, was sich gestern Abend zugetragen hatte. Die Notwendigkeit, Laura vor einer plötzlichen Kenntnis der Wahrheit zu schützen, war die erste Betrachtung, welche dieser Brief mir in's Gedächtnis rief. Ich schrieb augenblicklich an Marianne und erzählte ihr Alles, was vorgefallen, indem ich sie allmälig auf die Nachricht vorbereitete und sie warnte, Laura um keinen Preis während meiner Abwesenheit ein Zeitungsblatt in die Hände fallen zu lassen.

Mein Brief wurde notwendigerweise ein langer und er beschäftigte mich bis zu dem Augenblicke, wo ich nach der Todtenschau aufbrechen mußte.

Der gerichtlichen Untersuchung legten sich manche Verwicklungen und Schwierigkeiten in den Weg. Außer der Untersuchung über die Art und Weise, wie der Verstorbene seinen Tod gefunden, gab es ernste Fragen in Bezug auf die Ursache des Feuers, die Wegnahme der Schlüssel und die Anwesenheit des Fremden in der Sacristei zur Zeit, wo das Feuer ausbrach, zu lösen. Selbst die Identification des todten Mannes hatte noch nicht stattgefunden. Der hilflose Zustand des Dieners hatte die Polizei abgehalten, sein angebliches Erkennen seines Herrn als maßgebend anzunehmen. Sie hatte in der Nacht nach Knowlesbury geschickt, um sich Zeugen zu verschaffen, die mit Sir Percival Glyde's persönlichem Aussehen genau bekannt waren, und hatte früh Morgens Boten nach Blackwater Park abgesandt. Diese Maßregeln setzten den Leichenbeschauer und die Geschworenen in den Stand, die Frage über die Identität zu lösen und die Richtigkeit der Behauptung des Dieners zu bestätigen, welches Zeugnis dann durch die Entdeckung gewisser Thatsachen, durch die Aussage competenter Zeugen und eine Untersuchung der Uhr des Verstorbenen noch bekräftigt wurde, welche letztere inwendig Sir Percival Glyde's Namen und Wappen trug.

Die nächsten Nachfragen bezogen sich auf das Feuer.

Der Diener, ich und der Knabe, welcher gehört hatte, wie in der Sacristei ein Licht angemacht worden, waren die ersten Zeugen, welche aufgerufen wurden. Der Knabe machte seine Angabe klar genug; aber des Dieners Geist hatte sich noch nicht von dem Schlage erholt, der ihn betroffen – es war augenscheinlich, daß er nicht im Stande war, den Zweck der Untersuchung zu fördern, und erhielt daher Befehl, abzutreten.

Zu meiner Erleichterung währte mein Verhör nicht lange. Ich hatte den Verstorbenen nie gesehen; hatte von seiner Anwesenheit in Alt-Welmingham nichts gewußt und war nicht zugegen gewesen, als man den Körper in der Sacristei gefunden. Alles, was ich beweisen konnte, war, daß ich in die Wohnung des Küsters getreten, um mich nach dem Wege zu erkundigen; daß ich von ihm von dem Verluste der Schlüssel gehört; daß ich ihn nach der Kirche begleitet, um ihm alle Hilfe zu leisten, die in meiner Macht war, daß ich das Feuer gesehen, daß ich gehört, wie im Innern der Sacristei Jemand vergebens das Schloß zu öffnen versuchte, und daß ich gethan, was ich gekonnt – aus bloßen Menschlichkeitsgründen – um den Mann zu retten. Andere Zeugen, welche mit dem Verstorbenen bekannt gewesen, wurden befragt, ob sie das Geheimnis seiner angeblichen Wegnahme der Schlüssel und seiner Anwesenheit in dem brennenden Zimmer erklären könnten? Aber der Leichenbeschauer nahm es natürlicherweise für ausgemacht an, daß ich als Fremder in der Nachbarschaft und für Sir Percival Glyde nicht im Stande sein würde, irgendwie Zeugnis über diese beiden Punkte abzulegen.

Mein Verfahren, nachdem mein förmliches Verhör vorüber war, schien mir vollkommen klar. Ich fühlte mich nicht berufen, mich zu einer freiwilligen Angabe meiner persönlichen Ueberzeugungen zu erbieten; erstens, weil dies keinem praktischen Zwecke dienen konnte, jetzt da jeder Beweis für meine Muthmaßungen mit dem Kirchenbuche verbrannt war; zweitens, weil ich meine Ansicht nicht auf verständliche Weise hätte auseinandersetzen können, ohne die ganze Geschichte von dem Complotte zu enthüllen.

In diesen Blättern jedoch brauchen solche Berücksichtigungen die freie Mittheilung meiner Ansichten nicht länger zu hindern. Ich will daher kurz andeuten, auf welche Weise meine eigene Ueberzeugung mir die Wegnahme der Schlüssel, das Ausbrechen des Feuers und den Tod des Mannes erklärt.

Die Nachricht, daß ich wider Erwarten auf Bürgschaft frei gelassen, trieb, wie ich mir denke, Sir Percival auf seine letzten Hilfsmittel zurück. Der Angriff gegen mich auf der Landstraße war das eine derselben und die Beseitigung jedes thatsächlichen Beweises seines Verbrechens, durch die Vernichtung des Blattes im Kirchenbuche, auf dem die Fälschung begangen, war das zweite und sicherste von beiden. Falls ich keinen geschriebenen Auszug aus dem Kirchenbuchs beibringen konnte, damit derselbe mit der beschworenen Abschrift in Knowlesbury verglichen würde, so hatte ich keinen entschiedenen Beweis gegen ihn und konnte ihm daher nicht damit drohen, ihn durch Bloßstellung zu Grunde richten zu wollen. Alles, dessen er für seinen Zweck bedurfte, war, daß er ungesehen in die Sacristei gelangte, daß er das Blatt aus dem Kirchenbuchs risse und dann die Sacristei ebenso unbemerkt, wie er sie betreten, wieder verließe.

Nach dieser Voraussetzung ist leicht zu begreifen, warum er bis Einbruch der Nacht wartete und warum er die Abwesenheit des Küsters benutzte, um sich die Schlüssel zu verschaffen. Er war gezwungen, ein Licht anzumachen, um das betreffende Kirchenbuch zu finden, und die gewöhnlichste Vorsicht erforderte, daß er die Thür von innen verschloß, für den Fall, daß irgend ein neugieriger Fremder oder etwa ich ihn zu stören käme, falls ich zufällig in der Nähe war.

Ich kann nicht glauben, daß es irgendwie in seiner Absicht gelegen, die Vernichtung des Kirchenbuches im Lichte eines Unfalles erscheinen zu lassen, indem er die Sacristei vorsätzlich in Brand steckte. Die bloße Möglichkeit, daß schnelle Hilfe kommen und die Bücher etwa gar gerettet würden, mußte nach kurzer Ueberlegung genügt haben, um ihn den Gedanken wieder aufgeben zu lassen. Wenn ich an die Masse leicht entzündbarer Gegenstände in der Sacristei denke – an das Stroh, die Papiere, die Packlisten, das trockene Holz und die wurmstichigen alten Schränke – so deuten alle Wahrscheinlichkeiten meiner Ansicht nach darauf hin, daß das Feuer die Folge eines Unfalles war, den er mit seinen Zündhölzchen oder seinem Lichte gehabt hatte.

Sein erster Impuls war unter diesen Umständen ohne Zweifel der, die Flammen zu löschen, und der zweite, da ihm dies mißlang (und er mit dem Zustande des Schlosses unbekannt war), der Versuch, durch die Thür, durch die er gekommen, zu entfliehen. Als ich ihm zugerufen, mußten die Flammen sich über die Thür, welche in die Kirche führte, erstreckt haben, zu deren beiden Seiten die Schränke standen und um welche herum die brennbaren Gegenstände lagen. Aller Wahrscheinlichkeit nach war er, als er durch die innere Thür zu entfliehen versucht, von dem Rauche und den Flammen (die keinen Ausweg aus dem Zimmer fanden) überwältigt worden. Er mußte in seiner Todesohnmacht – gerade in dem Augenblicke, wo ich auf das Dach gesprungen war und das Fenster einschlug – auf der Stelle hingesunken sein, an der man ihn fand. Selbst falls es uns später gelungen wäre, in die Kirche zu dringen und die Thür von *der* Seite zu sprengen, so mußte der Verzug doch schon tödlich gewesen sein. Er konnte zu der Zeit längst nicht mehr zu retten sein, wir hätten den Flammen nur freien Eingang in die Kirche gestattet, welche jetzt gerettet war, die aber in jenem Falle das Schicksal der Sacristei geteilt haben würde. Es kann wohl keinem Zweifel unterliegen, daß er schon, ehe wir noch in der leeren Hütte anlangten und mit aller Gewalt arbeiteten, um den Balken zu lösen, todt gewesen sein mußte.

Die Leichenschau wurde auf einen Tag vertagt; denn es war nichts entdeckt worden, was das Auge des Gesetzes als genügende Erklärung der geheimnisvollen Umstände des Falles hätte anerkennen können.

Man kam überein, noch mehr Zeugen zu vernehmen und den Rechtsanwalt des Verstorbenen aus London zu verschreiben. Auch wurde ein Arzt beauftragt, über den geistigen Zustand des Dieners zu berichten, da derselbe augenblicklich unfähig schien, irgendwie Zeugnis von Wichtigkeit abzulegen. Er konnte bloß auf eine geistesabwesende Art und Weise wiederholen, daß er am Abend des Feuers Befehl erhalten, in dem Nebenwege zu warten, und daß er weiter von nichts wisse, außer daß der Verstorbene ganz gewiß sein ehemaliger Herr sei.

Meine eigene Ueberzeugung ging dahin, daß man ihn (ohne schuldiges Mitwissen von seiner Seite) dazu gebraucht hatte, sich von der Abwesenheit des Küsters zu überzeugen und dann im Nebenwege (doch außer Gesichtsweite von der Sacristei) zu warten, um für den Fall, wo ich dem Angriffe auf der Landstraße entginge und hier mit Sir Percival zusammenträfe, seinem Herrn Beistand zu leisten. Ich muß jedoch hinzufügen, daß des Mannes eigene Aussage diese meine Ansicht nie bestätigt hat. Der ärztliche Bericht über ihn lautete dahin, daß das wenige, was er an Geistesfähigkeit besitze, ernstlich erschüttert sei; in der vertagten Untersuchung wurde nichts Befriedigendes aus ihm herausgebracht und soviel ich weiß, ist er bis auf diesen Tag noch nicht wieder hergestellt.

Ich kehrte geistig und körperlich so erschöpft und niedergedrückt zum Gasthofe in Welmingham zurück, daß ich nicht im Stande war, die Unterhaltung über die Leichenschau und die trivialen Fragen zu ertragen, welche die Gäste im Kaffeezimmer an mich richteten. Ich zog mich nach meinem frugalen Abendessen auf mein schlichtes Dachstübchen zurück, um mir etwas Ruhe zu gönnen und ungestört an Laura und Marianne denken zu können.

Wie gern wäre ich nach London gefahren, um mich noch diesen Abend durch den Anblick der beiden lieben Angesichter zu erquicken. Aber ich war verpflichtet, bei der vertagten Untersuchung zu erscheinen und doppelt verpflichtet vor der Behörde in Knowlesbury, der für mich geleisteten Bürgschaft nachzukommen.

Den nächsten Tag, welcher unmittelbar dem Tage der Leichenschau folgte, hatte ich zu meiner eigenen Verfügung. Ich begann den Morgen, indem ich mir erst wieder den regelmäßigen Bericht von Mariannen auf der Post abholte. Ich fand denselben wie gewöhnlich vor und er war durchwegs mit frohen Lebensgeistern geschrieben. Ich las den Brief voll Dankbarkeit durch und machte mich dann auf den Weg nach Alt-Welmingham, um den Schauplatz des Feuers beim Tageslicht in Augenschein zu nehmen.

Als ich bei der Kirche anlangte, war der zertrampelte Zustand des Begräbnisplatzes die einzige ernste Spur, welche von dem Feuer und dem Tode noch zurückgeblieben. Ein roher Bretterverschlag war vor dem Eingange der Sacristei errichtet, und die Dorfkinder balgten sich um das beste Guckloch, um in die Brandstätte zu schauen. Auf dem Boden zu meinen Füßen, wo die Thür mit ihrer grauenvollen Last gelegen, stand das Mittagsmahl eines Arbeiters in einer gelben Schüssel in ein Tuch gebunden, und sein treuer Hund, welcher es bewachte, bellte mich an, als ich der Stelle zu nahe kam. Der alte Küster, welcher dem langsamen Anfange der Ausbesserungen zuschaute, hatte jetzt nur ein Interesse, über das er schwatzen konnte – daß er selbst nämlich nach diesem Unfälle allem Tadel entginge.

Als ich den Ort verließ, dachte ich – nicht zum ersten Male – daran, wie für jetzt wenigstens alle Hoffnung darauf, Lauras Identität zu behaupten, durch Sir Percivals Tod über den Haufen geworfen war. Er war todt – und mit ihm die Aussicht, auf die ich meine größten Hoffnungen gebaut hatte.

Konnte ich das Mißlingen meiner Bemühungen aus keinem besseren Gesichtspunkte ansehen?

Gesetzt, er wäre am Leben geblieben – würde diese Veränderung der Verhältnisse den Erfolg verändert haben? Hätte ich – selbst um Lauras willen – meine Entdeckung als eine verkaufbare Waare benutzen können, nachdem ich gesehen, daß der Raub der Rechte Anderer das Wesen von Sir Percivals Verbrechen ausmachte? Hätte ich ihm den Preis *meines* Schweigens für *sein* Bekenntnis des Complottes bieten können, wenn die Wirkung dieses Schweigens die sein mußte, dem rechtmäßigen Erben sein Besitzthum und dem rechtmäßigen Eigenthümer seinen Namen vorzuenthalten? Unmöglich! Falls Sir Percival am Leben geblieben, so lag es nicht in meiner Macht, die Entdeckung, von der ich (in meiner Unkenntnis der wahren Natur des *Geheimnisses*) so viel gehofft hatte, zu verschweigen oder bekannt zu machen, wie ich es eben zur Behauptung der Rechte Lauras nöthig erachtet hätte. Nach den allergewöhnlichsten Regeln der Redlichkeit und Ehre hätte ich sofort zu dem Fremden gehen müssen, dessen Erbrecht Jener sich angemaßt – ich hätte meinem Siege in dem Augenblick, wo ich ihn gewonnen, entsagen müssen, indem ich die Entdeckung ohne Vorbehalt in die Hände dieses Fremden gab – und ich hätte abermals all den Schwierigkeiten entgegentreten müssen, die sich zwischen mir und dem einen Zwecke meines Lebens erhoben – gerade wie ich auch jetzt noch im Innersten meines Herzens entschlossen war, denselben entgegenzutreten!

Ich kehrte mit ruhigerem Gemüths nach Welmingham zurück, indem ich mich über mich selbst und meinen Entschluß sicherer fühlte, als ich noch bisher gethan.

Auf meinem Wege nach dem Gasthofe ging ich an dem einen Ende des Platzes vorbei, an welchem Mrs. Catherick wohnte. Sollte ich nach dem Hause zurückgehen und noch einen Versuch machen, sie zu sehen? Nein. Jene Nachricht von Sir Percivals Tode, welche die letzte Nachricht war, die sie zu hören erwartete, mußte längst zu ihr gedrungen sein: ich hatte ihr nichts zu erzählen, was sie nicht bereits wußte. Mein Interesse, sie zum Sprechen zu bewegen, hatte abgenommen. Ich gedachte des heimlichen Hasses, der sich in ihrem Gesichte aussprach, als sie sagte: »Es gibt keine Nachrichten über Sir Percival, auf die ich nicht vorbereitet wäre – ausgenommen die Nachricht seines Todes.« Ich gedachte des lauernden Blickes, mit dem sie nach diesen Worten beim Scheiden meine Gestalt betrachtete. Ein Instinct tief in meinem Herzen machte mir den Gedanken, sie wiederzusehen, im höchsten Grade zuwider – ich wandte mich von dem Platze ab und ging geradezu nach dem Gasthofe zurück.

Einige Stunden später, als ich allein im Gastzimmer saß, überbrachte mir der Kellner einen Brief. Derselbe war, wie man mir sagte, gerade vor Dunkelwerden, ehe das Gas angezündet gewesen, von einer Frau abgegeben worden. Sie war schon wieder fortgegangen, ehe man noch Zeit gehabt, zu ihr zu sprechen oder zu bemerken, wer sie sei.

Ich öffnete den Brief. Derselbe war weder datirt noch unterzeichnet und die Handschrift war sichtbar verstellt. Doch ehe ich noch den ersten Satz zu Ende gelesen, wußte ich, wer der Schreiber sei: Mrs. Catherick.

Der Brief lautete folgendermaßen. – Ich schreibe ihn Wort für Wort ab:

Mrs. Catherick's Aussage.

Sir, Sie sind nicht wiedergekommen, wie Sie sagten, daß Sie thun würden. Einerlei, Ich habe die Nachricht erfahren und schreibe, um Ihnen dies zu sagen. Sahen Sie irgend etwas Besonderes in meinem Gesichte, als Sie mich verließen? Ich dachte in meinem eigenen Herzen, ob wohl der Augenblick seines Unterganges gekommen und ob Sie etwa das dazu erwählte Werkzeug seien. Sie waren es – und Sie *haben* diesen Untergang herbeigeführt.

Sie waren schwach genug, wie man sagt, zu versuchen, sein Leben zu retten. Wäre Ihnen dies gelungen, so hätte ich Sie als meinen Feind betrachtet. Jetzt, da es Ihnen fehlschlug, sehe ich Sie als meinen Freund an. Ihre Nachforschungen trieben ihn in seiner Angst Nachts nach der Sacristei; Ihre Nachforschungen haben ohne Ihr Mitwissen meinem Hasse von dreiundzwanzig Jahren gedient und meine Rache vollzogen. Ich danke Ihnen, Sir, wider Ihren Willen.

Dem Manne, der dies gethan, schuldige ich etwas. Nun! Ich kann meine Schuld bezahlen, indem ich Ihrer Neugier Genüge thue. Sie waren, als Sie zu mir kamen, *sehr* neugierig, gewisse Privatangelegenheiten von mir zu erfahren – Sachen, hinter die Sie mit all Ihrer Schlauheit nicht kommen könnten ohne meine Hilfe – Sachen, die Sie selbst *jetzt* noch nicht entdeckt haben. Sie *sollen* sie erfahren. Ich will keine Mühe scheuen, um Ihnen gefällig zu sein, mein werther junger Freund!

Sie waren im Jahre 1827 vermuthlich noch ein kleiner Bube? Ich war zu jener Zeit eine schöne Frau und wohnte in Alt-

Welmingham. Ich hatte einen verächtlichen Narren zum Manne. Ueberdies hatte ich die Ehre (einerlei auf welche Weise), mit einem gewissen Herrn (einerlei wer) bekannt zu sein. Ich werde ihn nicht beim Namen nennen, wozu auch? Es war ja nicht einmal sein eigener. Er hatte nie einen Namen. Sie wissen das jetzt so gut, wie ich es weiß.

Es wird zweckdienlicher sein, wenn ich Ihnen sage, auf welche Weise er sich in meine Gunst einschlich. Ich war mit den Geschmacksrichtungen einer Dame geboren und er befriedigte dieselben. Mit anderen Worten, er bewunderte mich und machte mir Geschenke. Kein Weib kann der Bewunderung und Geschenken widerstehen, besonders aber Geschenken, vorausgesetzt, daß dieselben gerade die sind, welche sie gebraucht. Er war schlau genug, das zu wissen – wie die meisten Männer. Natürlich wollte er etwas dafür wieder haben – auch wie die meisten Männer. Und worin glauben Sie wohl, daß dieses Etwas bestand? Eine bloße Kleinigkeit. Nichts, als den Schlüssel der Sacristei und den Schlüssel des dort befindlichen Schrankes, wenn mein Mann einmal abwesend sei. Natürlich log er mir etwas vor, als ich ihn frug, wozu er so heimlich die Schlüssel gebrauchte. Er hätte sich die Mühe ersparen können – ich glaubte ihm nicht. Aber mir gefielen seine Geschenke, und ich wollte noch mehr haben. Darum verschaffte ich ihm die Schlüssel, ohne daß mein Mann es wußte, und paßte ihm dann auf, ohne daß er es wußte. Einmal, zweimal, viermal paßte ich ihm auf – und das vierte Mal kam ich hinter seine Schliche.

Ich war nie übermäßig gewissenhaft, wo es anderer Leute Angelegenheiten betraf, und es beunruhigte mich nicht besonders, daß er auf eigene Hand ein Heiratscertificat zu den übrigen hinzufügte.

Natürlich wußte ich, daß es unrecht war; aber es that mir kein Unrecht an – und das war ein sehr guter Grund, kein Aufhebens darüber zu machen. Auch hatte ich noch keine goldene Uhr und Kette, und das war ein noch besserer Grund. Und er hatte mir am Tage vorher versprochen, mir Beides aus London kommen zu lassen. Hätte ich gewußt, wie das Gesetz das Verbrechen betrachtete und wie es dasselbe bestrafte, so hätte ich mich in Acht genommen und ihn sofort angegeben. Aber ich wußte von nichts und sehnte mich nach einer goldenen Uhr. Die einzige Bedingung, auf der ich bestand, war, daß er mich in's Vertrauen zog und mir alles sagte. Ich war damals ebenso neugierig über seine Angelegenheiten, wie Sie es jetzt über die meinigen sind. Er ging auf meine Bedingung ein – Sie werden gleich sehen warum.

Er erzählte mir nicht aus eigenem Antriebe, was ich Ihnen hier erzählen werde. Ich brachte Einiges durch Ueberredung und Einiges durch Fragen aus ihm heraus. Ich war entschlossen, die ganze Wahrheit zu wissen – und ich glaube, ich erfuhr sie.

Er wußte bis nach dem Tode seiner Mutter ebenso wenig wie andere Leute über das wirkliche Verhältnis zwischen ihr und seinem Vater. Als sie gestorben war, gestand sein Vater ihm dasselbe ein und versprach ihm, für seinen Sohn zu thun, was er könne. Er starb, nachdem er nichts gethan – nicht einmal ein Testament gemacht hatte. Der Sohn (und wer kann ihn dafür tadeln?) war so klug, für sich selbst zu sorgen. Er kam sofort nach England und nahm Besitz von dem Grundeigenthum. Es war niemand da, der ihn beargwöhnen oder nur Nein sagen konnte. Sein Vater und seine Mutter hatten stets wie Eheleute zusammen gelebt – und niemand unter den Wenigen, welche mit ihnen bekannt waren, ahnte je, daß es anders sei. Der rechtmäßige Erbe (falls man die Wahrheit gekannt hatte) war ein entfernter Verwandter, der nicht daran dachte, das Besitzthum je in seine Hände zu bekommen, und war außer Landes, auf dem Wasser, als sein Vater starb. Es stellte sich ihm also bis hieher keine Schwierigkeit entgegen – und er nahm Besitz, als ob sich die Sache von selbst verstände. Aber er konnte nicht Geld auf das Eigenthum erborgen. Es waren zwei Dinge erforderlich, ehe er das thun konnte. Das erste war ein Geburtsschein und das zweite ein Heiratscertificat seiner Eltern. Sein Geburtsschein war leicht verschafft – er war im Auslande geboren und der Schein war in giltiger Form vorhanden. Das andere aber bot eine Schwierigkeit dar – und diese Schwierigkeit brachte ihn nach Alt-Welmingham.

Wenn er nicht eins berücksichtigt hätte, so wäre er statt dessen nach Knowlesbury gegangen.

Seine Mutter hatte dort – gerade ehe sie seinem Vater begegnete – unter ihrem Mädchennamen gelebt; die Wahrheit ist die, daß sie in Wirklichkeit eine verheiratete Frau war, verheiratet in Irland, wo ihr Mann sie mißhandelt und hernach mit einer anderen Person davon gegangen war. Ich gebe Ihnen diese Thatsache nach guter Autorität. Sir Felix gab sie seinem Sohne als Grund an, weshalb er seine Mutter nicht geheiratet habe. Sie wundern sich vielleicht, daß der Sohn, da er wußte, daß sich seine Eltern einander in Knowlesbury kennen gelernt, seine Streiche nicht mit dem Kirchenbuche in der Kirche zu Knowlesbury spielte, in der man billigerweise voraussetzen konnte, daß seine Eltern sich verheiratet hätten. Die Ursache hievon war, daß der Geistliche, welcher im Jahre 1802 an der Kirche zu Knowlesbury angestellt war (in welchem Jahre seinem Geburtsscheine zufolge seine Eltern geheiratet haben *sollten*), noch am Leben war, als er im Jahre 1827 von dem Grundeigenthum Besitz nahm.

Dieser unbequeme Umstand zwang ihn, seine Forschungen bis auf unsere Nachbarschaft zu erstrecken. Hier gab es keine derartige Gefahr, indem der frühere Geistliche unserer Kirche seit einigen Jahren todt war.

Alt-Welmingham paßte ebenso gut für seinen Zweck, wie Knowlesbury. Sein Vater hatte seine Mutter aus Knowlesbury fortgenommen und in geringer Entfernung von unserem Dorfe in einer kleinen Villa am Flusse mit ihr gelebt, wäre er nicht dem Aussehen nach ein scheußliches Geschöpf gewesen, so hätte sein zurückgezogenes Leben mit der Dame vielleicht Verdacht erregt, so aber nahm es Niemand Wunder, daß er seine Mißgestalt versteckte. Er lebte in unserer Nachbarschaft, bis er den Park erbte, wer konnte nach drei- oder vierundzwanzig Jahren sagen (da der Geistliche gestorben war), ob nicht seine Heirat auf ebenso zurückgezogene Weise, wie er sein übriges Leben zugebracht, in Alt-Welmingham stattgefunden habe?

Auf diese Weise also fand der Sohn, daß unsere Gegend die sicherste sei, um ganz heimlich die Sache für sein Interesse zu ordnen. Es wird Sie vielleicht überraschen, zu hören, daß das, was er wirklich mit dem Kirchenbuche vornahm, auf die Eingebung des Augenblicks hin und ohne alle vorherige Ueberlegung geschah.

Seine erste Idee war bloß (an der rechten Stelle des Jahres und des Monats), das Blatt auszureißen, es heimlich zu vernichten, nach London zurückzukehren und seinem Advocaten aufzutragen, ihm das nothwendige Heiratscertificat zu verschaffen, indem er ihn natürlich ganz unschuldig auf das Datum des ausgerissenen Blattes verwies. Es konnte danach Niemand sagen, daß seine Eltern *nicht* verheiratet gewesen – und ob man nun unter diesen Umständen ihm das Geld leihen werde oder nicht (er meinte, man hätte es gethan), so würde er jedenfalls eine Antwort bereit gehabt haben, falls sich je eine Frage über sein Anrecht an Eigenthum und Titel erhoben hätte.

Als es ihm aber gelang, heimlich selbst einen Blick in das Kirchenbuch zu thun, fand er am unteren Ende einer Seite des Jahres 1803 einen leeren Raum, dem Anscheine nach leer gelassen, weil er nicht zur Aufnahme eines langen Certificates ausreichte, welches sich an der Spitze der nächsten Seite befand. Der Anblick der Gelegenheit, die sich auf diese Weise ihm darbot, veränderte alle seine Pläne. Es war eine Gelegenheit, an die er nie gedacht, die er nie gehofft hatte, und er benutzte sie – Sie wissen auf welche Weise. Um genau mit seinem Geburtsscheine übereinzustimmen, hätte der leere Raum sich im Monat Februar des Registers befinden sollen. Statt dessen aber war er im Monat April. Indessen, falls sich hierüber Argwohn erhob, so war die Erklärung leicht zu finden. Er brauchte nur anzugeben, daß er ein Kind von 7 Monaten gewesen.

Ich war thöricht genug, einiges Mitleid für ihn zu fühlen, als er mir seine Geschichte erzählte – worauf er gerade rechnete, wie Sie sehen werden. Ich fand, daß man ihm ein schlimmes Unrecht gethan. Es war nicht seine Schuld, daß seine Eltern nicht verheiratet gewesen. Auch eine gewissenhaftere Frau, als ich – eine Frau, die nicht ihr Herz an eine goldene Uhr und Kette gehangen – hätte einige Entschuldigung für ihn gefunden. Jedenfalls hielt ich den Mund und schützte ihn bei dem, was er thun wollte.

Es dauerte einige Zeit, ehe er die Tinte von der rechten Farbe herstellen konnte (welche er lange in kleinen Flaschen und Töpfchen hin und her mischte) und dann brauchte er wieder einige Zeit, um sich in der Handschrift zu üben. Aber am Ende gelang ihm Beides – und er machte seine Mutter, nachdem sie längst im Grabe gelegen, zu einer rechtschaffenen Frau! So weit leugne ich nicht, daß er sich redlich genug gegen mich benahm. Er gab mir meine Uhr und Kette; beides war von der vorzüglichsten Arbeit und sehr kostspielig. Ich besitze sie noch – die Uhr geht ausgezeichnet.

Sie sagten neulich, Mrs. Clements habe Ihnen Alles gesagt, was sie gewußt. In dem Falle brauche ich nichts über den jämmerlichen Scandal zu schreiben, dessen unschuldiges Opfer ich wurde. Sie müssen so gut wie ich wissen, welche Idee mein Mann sich in den Kopf setzte, als er mich und meinen vornehmen Freund in heimlichen Zusammenkünften flüsternd zusammen fand. Aber was Sie nicht wissen, das ist, wie die Sache zwischen mir und meinem vornehmen Freunds endete. Sie sollen lesen und sehen, wie er an mir handelte.

Die ersten Worte, die ich ihm sagte, als ich sah, wie man über die Geschichte dachte, waren:»Lassen Sie mir Gerechtigkeit widerfahren – befreien Sie meinen Ruf von einem Flecken, den wie Sie wissen, derselbe nicht verdient. Ich verlange nicht, daß Sie meinem Manne eine volle Beichte ablegen – sagen Sie ihm bloß und geben Sie ihm ihr Ehrenwort als Gentleman, daß er sich täuscht und daß ich nicht zu tadeln bin, wie er es glaubt. Lassen Sie mir, nach Allem, was ich für Sie gethan, wenigstens diese Gerechtigkeit widerfahren,«Er schlug es mir mit entschiedenen Worten ab. Er sagte mir ganz unumwunden, daß es in seinem Interesse liege, meinen Mann und die Nachbarn an die Unwahrheit glauben zu lassen – weil sie, solange sie dies thaten, ganz gewiß nicht auf die Wahrheit verfallen würden. Ich war nicht so leicht zu verblüffen und sagte ihm, sie sollten die Wahrheit von meinen Lippen erfahren. Seine Antwort war kurz, aber bündig. Falls ich spreche, so sei ich ebensowohl verloren, wie er selbst.

Ja! dahin war es gekommen. Er hatte mich über die Gefahr getäuscht, die ich lief, indem ich ihm half. Er hatte meine Unwissenheit benutzt; hatte mich durch seine Geschenke verlockt; hatte durch seine Geschichte meine Theilnahme gewonnen – und das Ende vom Liede war, daß er mich zu seiner Mitschuldigen gemacht. Er gab dies ganz ruhig zu und schloß damit, daß er mir zum ersten Male sagte, welcher Art in Wirklichkeit die furchtbare Strafe für sein Verbrechen und für Jeden sei, der ihm bei der Ausführung desselben behilflich gewesen. Zu jener Zeit war das Gesetz nicht so weichherzig, wie ich höre, daß es jetzt ist. Mörder waren nicht die einzigen Leute, die dem Strange verfielen, und weibliche Sträflinge wurden damals nicht behandelt wie Damen in unverdientem Unglück. Ich gestehe, er machte mir bange – der erbärmliche Betrüger!

der feige Schurke! Begreifen Sie jetzt, wie ich ihn hassen mußte? Begreifen Sie, warum ich mir all diese Mühe nehme – und zwar voll Dankbarkeit – für den verdienstvollen jungen Mann, der ihn zu Falle brachte?

Nun also weiter. Er war kaum Narr genug, mich geradezu zur Verzweiflung zu treiben. Ich war nicht die Art von Frauenzimmern, die es gerathen gewesen wäre in die Enge zu treiben – das wußte er und beruhigte mich wohlweislich mit Vorschlägen für die Zukunft.

Ich verdiene eine Belohnung (war er so gütig zu sagen) für den Dienst, den ich ihm geleistet, und eine Entschädigung (wie er freundlich hinzufügte) für das, was ich dadurch gelitten hatte. Er sei gern bereit – der großmüthige Schurke! – mir einen hübschen Jahresgehalt auszuwerfen, der mir vierteljährlich ausgezahlt würde, aber nur unter zwei Bedingungen. Erstens sollte ich – in meinem eigenen Interesse sowohl als in dem seinigen – schweigen. Zweitens sollte ich nie, ohne ihn vorher davon zu unterrichten und seine Erlaubnis dazu zu erwarten, Welmingham verlassen. Hier konnte keine achtbare Frau mir Freundin sein und so mich in Versuchung bringen, ihr gefährliche vertraute Mittheilungen am Theetische zu machen – und hier würde er mich stets zu finden wissen. Eine harte Bedingung, diese zweite – aber ich ging sie ein.

Was konnte ich auch wohl anderes thun? Ich stand verlassen da mit der Aussicht auf die kommende Sorge eines Kindes, was konnte ich anderes thun? Mich der Gnade und Barmherzigkeit meines blödsinnigen weggelaufenen Mannes übergeben, der den ganzen Scandal gegen mich erhoben hatte? Ich wäre lieber gestorben. Und übrigens war es allerdings ein hübscher Jahresgehalt. Ich hatte ein besseres Einkommen, ein besseres Haus über meinem Kopfe, bessere Teppiche unter meinen Füßen, als die meisten der Weiber, die bei meinem Anblicke die Nasen rümpften. Das Kleid der Tugend in unserer Gegend war bunter Kattun. Ich trug Seide.

Ich nahm also seine Bedingungen an und benutzte sie zu meinem besten Vortheile; ich führte meine Sache gegen meine Nachbarn auf ihrem eigenen Boden und gewann sie im Laufe der Zeit – wie Sie gesehen haben. Wie ich sein Geheimnis (und meins) während all der Jahre bis auf diesen Tag bewahrte und ob meine verstorbene Tochter Anna sich jemals wirklich in mein Vertrauen schlich und ebenfalls hinter das Geheimnis kam, sind Fragen, die Sie vermuthlich sehr gern beantwortet hätten? Nun! Meine Dankbarkeit versagt Ihnen nichts. Aber Sie müssen mich entschuldigen, Mr. Hartright, wenn ich damit anfange, mein Erstaunen über das Interesse auszudrücken, das Sie für meine verstorbene Tochter gefühlt haben. Dasselbe ist mir vollkommen unbegreiflich. Bitte, lassen Sie sich's gesagt sein, daß ich durchaus nicht vorgebe, eine übermäßige Liebe zu meiner Tochter gehegt zu haben. Sie war mir von Anfang bis zu Ende eine Last und eine Sorge und hatte außerdem noch das Unangenehme, daß sie schwach im Kopfe war.

Es ist unnöthig, Sie mit vielen persönlichen Einzelheiten in Bezug auf die Vergangenheit zu belästigen. Es wird genügen, wenn ich Ihnen sage, daß ich meinerseits die Bedingungen unseres Handels beobachtete und dafür mein bequemes Einkommen – in vierteljährlichen Zahlungen – genoß.

Hin und wieder reiste ich fort und verschaffte mir einige Abwechslung, nachdem ich mir zuvor von meinem Herrn und Meister hiezu Erlaubnis erbeten, die mir auch gewöhnlich gewährt wurde. Er war, wie ich Ihnen bereits sagte, nicht Narr genug, mich zu sehr zu drücken, und konnte sich billigerweise darauf verlassen, daß ich, wenn nicht um seinetwillen, doch um meiner selbst willen schweigen würde. Eine meiner längsten Abwesenheiten vom Hause war meine Reise nach Limmeridge, wo ich eine Halbschwester zu pflegen hatte, die im Sterben lag. Man sagte, sie habe Geld gespart, und ich hielt es für gerathen (für den Fall, daß sich irgend etwas ereignen sollte, um meinem Jahresgehalte ein Ende zu machen), in dieser Richtung hin nach meinen eigenen Interessen zu sehen. Doch stellte es sich heraus, daß dies weggeworfene Mühe gewesen, ich bekam nichts, weil nichts da war.

Ich hatte Anna mit mir nach dem Norden genommen; ich hatte zu Zeiten meine Launen und Ideen mit meiner Tochter, wo ich dann auf Mrs. Clements' Einfluß auf sie eifersüchtig wurde. Ich hatte Mrs. Clements niemals gern. Sie war ein jämmerliches, gehirnloses, temperamentloses Geschöpf – und es machte mir von Zeit zu Zeit Spaß, sie zu quälen, indem ich ihr Anna fortnahm. Da ich nicht wußte, was ich während meines Aufenthaltes in Cumberland mit dem Mädchen anfangen sollte, so schickte ich sie in Limmeridge in die Schule. Die Dame im Herrenhause, Mrs. Fairlie (eine außerordentlich häßliche Frau, die einem der schönsten Männer in England Fallen gelegt, bis er sie geheiratet hatte), belustigte mich ungeheuer, indem sie eine heftige Zuneigung für das Mädchen faßte. Die Folge davon war, daß sie in der Schule nichts lernte und in Limmeridge House verzogen wurde. Unter anderen Dummheiten, die man sie dort lehrte, setzte man ihr auch einen gewissen Unsinn in den Kopf: daß sie nämlich nichts Anderes als Weiß tragen solle. Da ich selbst Weiß hasse und Farben liebe, beschloß ich, sobald wir wieder nach Hause kamen, ihr den Unsinn wieder auszutreiben.

So sonderbar dies erscheinen mag, meine Tochter widerstand mir. Wenn sie sich einmal etwas in den Kopf gesetzt *hatte*, so war sie, wie die meisten geistesschwachen Leute, so halsstarrig wie ein Maulesel. Wir zankten uns furchtbar, und Mrs. Clements, die dies wahrscheinlich nicht gern sah, erbot sich, Anna mit nach London zu nehmen und sie bei sich zu behalten. Ich würde ja gesagt haben, wäre Mrs. Clements nicht in Bezug auf das Weißtragen auf meiner Tochter Seite gewesen. Da ich aber entschlossen war, daß sie sich *nicht* weiß kleiden sollte, so sagte ich nein und blieb bei nein. Die Folge davon war, daß meine Tochter bei mir blieb; und die Folge *davon* wieder, die erste ernstliche Veruneinigung zwischen mir und *ihm* über das *Geheimnis*.

Dieser Umstand ereignete sich lange nach der Zeit, von der ich soeben geschrieben habe. Ich hatte mich schon seit Jahren in der neuen Stadt niedergelassen und strafte meinen schlechten Ruf allmälig durch meine Lebensweise Lügen, wobei ich langsam unter den respectablen Leuten Ansehen erhielt. Daß meine Tochter bei mir lebte, trug bedeutend zur Erreichung dieses Resultates bei. Ihre Harmlosigkeit und ihre Idee mit den weißen Kleidern erregten eine Art von Theilnahme. Ich unterließ es deshalb, mich ihrer Grille zu widersetzen, denn es mußte auf diese Weise sicher ein Theil dieser Theilnahme mir zufallen. Und so war es. Ich schreibe den Umstand, daß man mir die Wahl zwischen zweien der besten Kirchenplätze ließ, dieser Theilnahme zu; und datire des Pfarrers ersten Gruß von dem Zeitpunkte her, wo ich den Platz erhielt.

Nun, da ich mich auf diese Weise häuslich niedergelassen, erhielt ich eines Tages einen Brief von jenem hochgeborenen Herrn, dem verstorbenen, als Antwort auf einen von mir, in welchem ich ihm, der Uebereinkunft gemäß, angekündigt, daß ich einer kleinen Veränderung halber die Stadt zu verlassen wünschte.

Er mußte in dem Augenblicke, wo er meinen Brief erhalten, in einer seiner Wütherichslaunen gewesen sein – denn in seiner Antwort verweigerte er mir seine Erlaubnis auf so abscheulich impertinente Weise, daß ich ganz außer Fassung gerieth und in Gegenwart meiner Tochter ihn einen »gemeinen Betrüger« nannte, »den ich lebenslänglich zu Grunde richten könne, falls es mir einfiele zu sprechen und sein Geheimnis zu verrathen«. Ich sagte weiter nichts über ihn, indem ich durch den Anblick des Gesichtes meiner Tochter, die mich mit eifrigen, neugierigen Augen anblickte, wieder zur Besinnung gebracht wurde. Ich befahl ihr augenblicklich, das Zimmer zu verlassen, bis ich mich wieder gefaßt haben würde.

Meine Gefühle waren nicht sehr angenehmer Art, als ich ruhig genug war, um über meine Thorheit nachzudenken. Anna war in dem Jahre verdrehter und seltsamer als gewöhnlich gewesen und wenn ich an die Möglichkeit dachte, daß sie meine Worte in der Stadt wiederholen und *seinen* Namen mit ihnen in Verbindung bringen konnte, wenn neugierige Leute sie auszufragen anfingen, fiel mir eine schöne Angst über die möglichen Folgen auf's Herz Meine schlimmsten Befürchtungen für mich und meine größte Angst vor dem, was er thun möge, ging jedoch nicht weiter, als bis hieher. Ich war ganz unvorbereitet auf das, was sich schon am nächsten Tage in Wirklichkeit ereignete.

Er kam, ohne mich vorher von seinem beabsichtigten Besuche in Kenntnis zu setzen, an diesem folgenden Tage in mein Haus.

Seine ersten Worte und der Ton, in dem er sie sprach, so verdrießlich derselbe auch war, zeigten mir ganz deutlich, daß er seine impertinente Antwort auf mein Ersuchen bereits bereute und daß er – in äußerst schlechter Laune – gekommen, um die Sache wieder gutzumachen, ehe es zu spät sei. Da er meine Tochter bei mir im Zimmer fand (ich hatte mich seit dem Tage vorher gefürchtet, sie aus den Augen zu lassen), befahl er ihr hinauszugehen. Sie hatten einander nicht gern, und er ließ seine böse Laune, die er *mir* nicht zu zeigen wagte, an *ihr* aus.

»Lassen Sie uns allein,« sagte er, sie über die Achsel ansehend. Sie sah ihn ebenfalls über die Achsel an und blieb, als ob sie nicht zu gehen beabsichtige. »Hören Sie?« schrie er sie an. »Gehen Sie aus dem Zimmer.« »Sprechen Sie höflich mit mir,« sagte sie mit geröthetem Gesicht, »Werfen Sie die verrückte hinaus,« sagte er zu mir gewendet. Sie hatte immer abgeschmackte Ideen über ihre Würde gehabt und das Wort »Verrückte« brachte sie sofort auf. Ehe ich noch ein Wort sagen und mich dazwischen legen konnte, trat sie in großer Wuth vor ihn hin. »Bitten Sie mich augenblicklich um Verzeihung,« sagte sie, »oder ich will Ihr Geheimnis verrathen. Ich kann Sie lebenslänglich zu Grunde richten, wenn es mir einfällt zu sprechen.« Meine eigenen Worte! – genau so wiederholt, wie ich sie am Tage vorher gesprochen hatte. Er saß sprachlos da – so weiß im Gesichte, wie das Papier ist, auf dem ich schreibe, während ich sie aus dem Zimmer schob.

Ich bin eine zu gebildete Frau, um zu wiederholen, was er sagte, als er sich wieder gefaßt. Meine Feder ist die Feder eines Mitgliedes der Gemeinde unseres Kirchspiels und einer Subscribentin der »Mittwoch-Vorlesungen« über »Der Glaube macht selig« – wie können Sie erwarten, daß ich sie gebrauchen werde, um böse Worte zu schreiben? Denken Sie sich selbst die tobende, fluchende Wuth des gemeinsten Wütherichs in ganz England und dann so schnell wie möglich vorwärts zu dem, worin Alles endete.

Es endete damit, wie Sie wahrscheinlich bereits errathen, daß er darauf bestand, seine eigene Sicherheit dadurch gewiß zu machen, daß er sie einsperren ließ.

Ich sagte ihm, sie habe die Worte bloß wie ein Papagei nach dem wiederholt, was sie mich hatte sagen hören, und daß sie nicht das Geringste von den Einzelheiten wisse, weil ich davon nichts erwähnt hatte. Ich erklärte ihm, daß sie sich in ihrer verdrehten Wuth auf ihn gestellt habe, als wisse sie etwas, wovon sie in Wirklichkeit keine Ahnung hatte; daß sie ihn bloß ärgern und ihm drohen gewollt für die Art und Weise, m der er soeben zu ihr gesprochen. Ich erinnerte ihn an ihr übriges verrücktes Wesen und an seine eigenen Erfahrungen in Bezug auf geistesschwache Leute – es nützte Alles nichts – er wollte selbst meinem Eide nicht glauben – er war fest überzeugt, ich habe das ganze Geheimnis verrathen. Kurz, er wollte von nichts Anderem hören, als daß sie eingesperrt würde.

Unter diesen Umständen that ich meine Pflicht als Mutter. »Keine gewöhnliche Armen-Irrenanstalt,« sagte ich, »ich gebe es nicht zu, daß sie in einer Armen-Irrenanstalt eingesperrt wird. Ich habe meine Muttergefühle und außerdem meinen Ruf in der Stadt zu bewahren, und ich werde mich zu nichts Anderem herbeilassen, als zu einer Privatanstalt von der Art, wie meine vornehmen Nachbarn sie für ihre kranken Verwandten wählen würden.« Das waren meine Worte. Es ist mir eine Genugthuung, zu fühlen, daß ich meine Pflicht that. Obgleich ich nie eine übertriebene Liebe für meine verstorbene Tochter fühlte, so hatte ich doch den passenden Stolz für sie. Kein Flecken der Armuth fiel – Dank sei es meiner Entschlossenheit und Festigkeit – jemals auf mein Kind.

Nachdem ich meinen Willen durchgesetzt, konnte ich nicht umhin zuzugeben, daß durch ihre Einsperrung gewisse Vortheile gewonnen waren. Erstens war sie unter der besten Obhut und Pflege. Zweitens war sie aus Welmingham fort, wo sie durch Wiederholung meiner unvorsichtigen Worte die Leute zu Verdacht und neugierigen Fragen angeregt haben könnte.

Obgleich sie Anfangs in bloßer verrückter Bosheit zu dem Manne gesprochen, der sie beleidigt hatte, so war sie doch schlau genug, zu sehen, daß sie ihn ernstlich erschreckt, und später klug genug, um zu entdecken, daß er bei ihrer Einsperrung im Spiele war. Die Folge davon war, daß sie in eine wahre Raserei von Wuth gegen ihn aufloderte, als man sie in die Anstalt gebracht, und die ersten Worte, die sie zu den Wärterinnen sagte, waren, daß man sie einsperre, weil sie sein Geheimnis wisse, und daß sie, sobald der Augenblick dazu gekommen sei, sprechen und ihn zu Grunde richten werde.

Sie mag wahrscheinlich dasselbe zu Ihnen gesagt haben, als Sie so unbedachtsamerweise ihre Flucht unterstützten. Jedenfalls sagte sie es (wie ich vorigen Sommer hörte) zu der unglücklichen Frau, die unseren liebenswürdigen, namenlosen, jüngstverstorbenen Herrn heiratete. Sie wußte, daß es ein *Geheimnis* gäbe – wußte, wen es betraf und wer durch das Bekanntwerden desselben zu leiden haben würde, aber außerdem – welches Ansehen von Wichtigkeit sie sich auch gegeben, wie verdreht sie auch gegen Fremde geprahlt haben mag – außerdem wußte sie bis zum Tage ihres Todes nichts.

Habe ich Ihre Neugierde befriedigt? Ich wüßte wirklich nichts weil er, das ich Ihnen über mich oder meine Tochter zu erzählen hätte. Meine schlimmsten Verantwortungen waren, was sie betrifft, vorbei, als sie in die Anstalt geschafft wurde. Man gab mir in Bezug auf die Art und Weise, in der sie unter Aufsicht gestellt worden, eine Brieform abzuschreiben und damit eine Anfrage von einer gewissen Miß Halcombe zu beantworten, die darüber Neugierde fühlte und die von einer gewissem Zunge, die außerordentlich an so etwas gewöhnt war, eine Menge Lügen gehört haben muß. Und ich that später, was ich konnte, um meiner weggelaufenen Tochter auf die Spur zu kommen und es zu verhüten, daß sie Unheil anstiftete, indem ich selbst in der Gegend, von der man mir fälschlicherweise berichtete, daß sie dort gesehen worden, Nachfragen anstellte. Doch diese und ähnliche Kleinigkeiten sind von wenigen, oder gar keinem Interesse für Sie nach dem, was Sie bereits gehört haben.

Bis hieher habe ich mit den allerfreundschaftlichsten Gefühlen geschrieben. Aber ich kann meinen Brief nicht schließen, ohne ein Wort ernstlicher Vorstellung und ernsten Verweises an Sie hinzuzufügen.

Im Verlaufe unserer letzten Unterredung hatten Sie die Verwegenheit, auf meiner Tochter Verwandtschaft von väterlicher Seite anzuspielen, als ob dieselbe überhaupt irgend einem Zweifel unterläge. Dies war im höchsten Grade unschicklich und unfein von Ihnen. Falls Sie sich unterstehen, daran zu zweifeln, daß mein Mann Annas Vater war, so beleidigen Sie mich persönlich auf die gröbste Weise, wenn Sie über diesen Gegenstand eine unpassende Neugier fühlen, so empfehle ich Ihnen zu Ihrem eigenen Besten, dieselbe ein- für allemal fahren zu lassen. Diesseits des Grabes, Mr. Hartright, wird diese Neugierde *nie* befriedigt werden, was auch jenseits desselben geschehen mag.

Vielleicht werden Sie nach dem, was ich soeben gesagt habe, sich verpflichtet fühlen, mir eine Entschuldigung zu machen. Thun Sie das und ich will sie annehmen. Ich will dann später, falls Ihre Wünsche auf eine zweite Zusammenkunft mit mir gerichtet sind, noch einen Schritt weiter gehen und Sie empfangen. Meine Verhältnisse erlauben mir bloß, Sie zum Thee einzuladen – nicht, daß sie durch das, was sich zugetragen, sich im Geringsten verschlimmert hätten. Ich habe mich immer innerhalb meines Einkommens bewegt und dadurch während der letzten zwanzig Jahre genug erspart, um bis an das Ende meiner Tage bequem leben zu können. Ich beabsichtige nicht, Welmingham zu verlassen. Es bleiben mir noch einige kleine Vortheile in der Stadt zu gewinnen übrig. Der Geistliche grüßt mich, wie Sie gesehen haben. Er ist verheiratet und seine Frau ist nicht ganz so höflich wie er. Ich beabsichtige mich der Dorcas-Gesellschaft anzuschließen und dann es noch dahin zu bringen, daß auch die Frau des Pfarrers mich grüßt.

Falls Sie mir das Vergnügen Ihrer Gesellschaft schenken wollen, so bitte ich Sie, vorher wohl zu merken, daß die Unterhaltung sich auf allgemeine Gegenstände beschränken muß. Jede Andeutung auf diesen Brief wird vollkommen nutzlos sein – ich bin entschlossen, zu leugnen, daß ich ihn geschrieben habe. *Der Beweis* ist, wie ich weiß, durch das Feuer vernichtet; aber es scheint mir dennoch wünschenswerth, lieber nach der Seite der Vorsicht hin zu irren. Aus dieser Berücksichtigung habe ich hier keines Namens erwähnt, noch werde ich diese Zeilen unterzeichnen: die Handschrift ist durchwegs eine verstellte und ich werde den Brief selbst abgeben, und zwar auf eine Weise, die alle Gefahr ausschließt, daß man ihn mir zuschriebe. Sie können durchaus keine Ursache haben, sich über diese Vorsichtsmaßregeln zu beklagen, indem sie in Rücksicht auf die besondere Nachsicht, die Sie von mir verdient haben, auf keine Weise die Mittheilungen beeinträchtigen, die ich Ihnen gemacht habe. Meine Theestunde ist halb sechs Uhr und mein heißes geröstetes Brot wartet auf niemanden.

XII.

Mein erster Impuls, nachdem ich Mrs. Catherick's sonderbaren Brief gelesen, war der, ihn zu vernichten. Die harte, schamlose Verderbtheit des ganzen Schreibens, von Anfang bis zu Ende – der abscheuliche Eigensinn, mit dem sie darauf bestand, mich mit einem Unglücke in Verbindung zu bringen, für das ich in keiner Weise verantwortlich war, und mit einem Todesfalle, den zu verhüten ich mein Leben gewagt hatte – widerten mich in dem Grade an, daß ich im Begriffe war, den Brief zu zerreißen, als mir eine Betrachtung einfiel, die mich bewog, lieber noch ein wenig mit seiner Vernichtung zu warten.

Diese Berücksichtigung hatte durchaus gar nichts mit Sir Percival zu thun. Die mir gemachten Mittheilungen über ihn enthielten wenig mehr als die Bestätigung meiner eigenen Vermuthungen.

Er hatte das Verbrechen begangen, wie ich es erwartet hatte, und der Umstand, daß Mrs. Catherick in keiner Weise der Abschrift des Kirchenregisters, welche in Knowlesbury bewahrt wurde, Erwähnung that, bestärkte mich in meiner vorher gefaßten Ueberzeugung, daß Sir Percival nothwendigerweise nichts von dem Dasein derselben und somit von den Folgen, die dasselbe für ihn haben mußte, gewußt haben konnte. Mein Interesse an der Fälschung war jetzt zu Ende, und mein einziger Zweck, indem ich den Brief aufbewahrte, war, ihn für die Zukunft zu benutzen, um das einzige noch für mich übrige Geheimnis aufzuklären, nämlich wer eigentlich Anna Cathericks Vater gewesen. Ihre Mutter hatte in ihrem Briefe ein paar Bemerkungen fallen lassen, die mir hierin deutlich sein konnten, sobald Sachen von unmittelbarer Wichtigkeit mir Muße ließen, mich damit zu beschäftigen.

Demzufolge versiegelte ich den Brief und legte ihn in mein Taschenbuch.

Der folgende Tag war mein letzter in Hampshire. Sobald ich abermals vor der Behörde zu Knowlesbury und bei der vertagten Untersuchung erschienen, konnte ich frei sein, um mit dem Nachmittag- oder Abendzuge nach London zurückzukehren.

Mein erster Gang des nächsten Morgens war, wie gewöhnlich, nach der Post. Der Brief von Marianne war dort, aber mir schien, als man ihn mir in die Hand gab, daß er sich ungewöhnlich leicht anfühlte. Ich öffnete das Couvert voll Besorgnis. Es lag nichts als ein kleiner, einmal zusammengelegter Papierstreifen darin. Die wenigen eiliggeschriebenen, halbverwischten Zeilen, die derselbe enthielt, waren folgende:

»Komm' zurück, so schnell Du kannst. Ich bin genöthigt gewesen, unsere Wohnung zu verlassen. Komm' nach Gower's Walk, Fulham (Nummer fünf). Beunruhige Dich nicht um uns: wir sind Beide wohl und in Sicherheit. Aber komm' zurück. Marianne.«

Die Nachricht – eine Nachricht, die ich sofort mit einem Versuche neuer Anschläge von Seiten Graf Fosco's in Verbindung brachte – überwältigte mich förmlich, was hatte sich zugetragen? welche schlaue Schändlichkeit hatte der Graf in meiner Abwesenheit entworfen und ausgeführt? Seit Marianne ihren Brief geschrieben, war eine Nacht vergangen – es mußten noch viele Stunden vergehen, ehe ich zu ihnen zurückkehren konnte – es konnte sich bereits inzwischen ein Unglück ereignet haben. Und hier, so viele Meilen von ihnen entfernt, hier mußte ich bleiben – zur Verfügung, doppelt zur Verfügung des Gesetzes!

Ich weiß kaum, zu welchem Vergessen meiner Verpflichtungen meine Angst mich nicht hingerissen haben würde, wäre nicht der beruhigende Einfluß meines Zutrauens zu Marianne da gewesen. Mein absolutes Vertrauen zu ihr war die einzige Rücksicht, die mir den Muth gab, zu warten. Die vertagte Untersuchung war das erste Hindernis, das sich meinem freien Handeln in den Weg stellte. Ich stellte mich bei derselben zur bestimmten Stunde ein, da meine Anwesenheit im Zimmer für die gerichtlichen Formalitäten erforderlich war; doch war ich, wie sich's herausstellte, nicht genöthigt, meine Aussage zu wiederholen. Dieser unnöthige Verzug war schwer zu ertragen, obgleich ich mir alle Mühe gab, meine Ungeduld zu bemeistern und dem gerichtlichen Verfahren mit möglichster Aufmerksamkeit zu folgen.

Der Rechtsanwalt des verstorbenen, Mr. Merriman, war aus London herübergekommen und befand sich unter den Anwesenden, war aber durchaus nicht im Stande, die Zwecke der Untersuchung zu fördern. Er konnte bloß sagen, daß er unaussprechlich überrascht und erschüttert, jedoch nicht im Stande sei, irgendwie Licht auf das geheimnisvolle Ereignis zu werfen. Er schlug von Zeit zu Zeit Fragen vor, welche dann von dem Leichenbeschauer an die Zeugen gerichtet wurden, die jedoch ohne alle Erfolge blieben. Nach einer geduldigen Untersuchung, welche beinahe drei Stunden währte und die jede denkbare Quelle der Auskunft erschöpfte, sprachen die Geschworenen das bei plötzlichem Todesfallen übliche Erkenntnis aus. Sie fügten dem förmlichen Urtheile noch eine Bemerkung hinzu, daß keine Belege für die Art und Weise, in der die Schlüssel genommen worden, vorhanden und daß der Zweck, zu welchem der verstorbene in die Sacristei gegangen, unerklärt geblieben. Dies schloß die Untersuchung. Es wurde dem gerichtlichen Repräsentanten des Todten überlassen, für dessen Beerdigung zu sorgen und die Zeugen durften abtreten.

Entschlossen, keine Minute länger zu verlieren, ehe ich nach Knowlesbury ginge, bezahlte ich meine Rechnung im Gasthofe und bestellte mir einen Fiaker, um desto schneller dort anzulangen. Ein Herr, welcher hörte, wie ich den Befehl ertheilte, und sah, daß ich allein fahren würde, unterrichtete mich, daß er in der Nähe von Knowlesbury wohne, und frug, ob ich etwas dawider haben würde, den Wagen und die Ausgabe für denselben mit ihm zu theilen. Ich nahm seinen Vorschlag wie eine Sache an, die sich von selbst versteht.

Unsere Unterhaltung während der Fahrt drehte sich natürlich um den einen Gegenstand des Ortsinteresses.

Mein neuer Bekannter war einigermaßen mit dem Advocaten des verstorbenen Sir Percival bekannt und hatte mit demselben eine Unterhaltung über dessen Vermögensangelegenheiten und den nächsten Erben gehabt. Sir Percivals Verlegenheiten waren in der ganzen Umgegend so wohl bekannt, daß sein Advocat aus der Notwendigkeit eine Tugend machte und die Sache unumwunden eingestand. Er war gestorben, ohne ein Testament zu hinterlassen, und selbst, falls er ein solches gemacht, so besaß er kein persönliches Eigenthum, über welches er testamentarisch hätte verfügen können, indem seine Gläubiger bereits das ganze Vermögen verschlungen, das ihm seine Frau zugebracht hatte. Der Erbe des Besitzthums (da Sir Percival keine Leibeserben hinterließ) war der Sohn eines Vetters von Sir Felix Glyde, ein Officier in der königlichen Marine. Er sollte sein Erbtheil tief verschuldet finden; doch konnte es sich mit der Zeit davon erholen und falls »der Capitän« sparsam war, so konnte er vor seinem Tode doch noch ein reicher Mann werden.

So sehr ich auch mit dem Gedanken, möglichst schnell nach London zurückzukehren, beschäftigt war, hatten doch diese Mitteilungen (welche sich später als vollkommen richtig herausstellten) einiges Interesse für mich. Mir schien danach, daß ich gerechtfertigt sei, meine Entdeckung von Sir Percivals Fälschung geheim zu halten. Der Erbe, dessen Rechte er sich angemaßt, war derjenige, dem das Besitzthum jetzt zufiel. Das Einkommen desselben während der letzten dreiundzwanzig Jahre, welches von Rechtswegen ihm hätte zufallen sollen, war von Sir Percival bis auf den letzten Heller vergeudet und unwiederbringlich verloren. Falls ich die Wahrheit bekannt machte, so konnte dieselbe doch keinem Menschen den geringsten Nutzen bringen. Bewahrte ich dagegen das Geheimnis, so schützte mein Schweigen den Ruf des Mannes, welcher Laura durch seine Betrügereien vermocht hatte, ihn zu heiraten. Nur um ihretwillen wünschte ich es geheim zu halten.

In Knowlesbury schied ich von meinem zufälligen Reisegefährten und ging dann sofort nach dem Gerichtshause. Wie ich erwartet hatte: es stellte sich Niemand, um die Sache weiter gegen mich fortzusetzen – die nothwendigen Formalitäten wurden durchgemacht, und ich war entlassen.

Eine halbe Stunde später eilte ich mit dem Schnellzuge nach London zurück.

XIII.

Es war gegen zehn Uhr, als ich in Fulham anlangte und den Weg nach Gower's Walk fand.

Marianne und Laura kamen beide an die Thür, um mich einzulassen, wir begrüßten einander, als ob wir statt weniger Tage monatelang getrennt gewesen. Mariannens armes Gesicht sah sehr besorgt und elend aus. Ich sah auf den ersten Blick, wer in meiner Abwesenheit alle Gefahr gewußt und alle Besorgnisse gefühlt hatte. Lauras frohere Blicke und blühenderes Aussehen sagten mir, wie sorgfältig ihr alle Kenntnis des furchtbaren Todes und der wahre Grund ihrer Wohnungsveränderung vorenthalten worden.

Die Aufregung des Wegzuges schien sie aufgeheitert und interessirt zu haben. Sie sprach von demselben nur wie von einem glücklichen Gedanken Mariannens, um mich bei meiner Heimkehr durch die Veränderung von der engen, geräuschvollen Straße nach der angenehmen Umgebung von Bäumen, Feldern und dem Flusse zu überraschen. Sie war voll von den Zeichnungen, die sie vollendet; von den Käufern, die ich in der Provinz für dieselben gefunden, und von den Schillingen und Sixpencen, die sie gespart hatte und die ihre Börse so schwer machten, daß sie mir dieselbe ganz stolz zum Wägen hingab. Die günstige Veränderung, die während der wenigen Tage meiner Abwesenheit mit ihr vorgegangen, war eine Ueberraschung für mich, auf die ich ganz unvorbereitet war – und das unaussprechliche Glück, dieselbe zu sehen, hatte ich Mariannens Muthe und Mariannens Liebe zu danken.

Als Laura uns verlassen und Marianne und ich ohne Rückhalt sprechen konnten, sagte sie: »Du siehst angegriffen und elend aus, Walter – ich fürchte, mein Brief hat dich ernstlich beunruhigt?«

»Nur im ersten Augenblicke,« erwiderte ich. »Mein Gemüth beruhigte sich durch mein Vertrauen auf dich, Marianne. Muthmaßte ich recht, indem ich diese plötzliche Wohnungsveränderung einer drohenden Belästigung von Seite Graf Fosco's zuschrieb?«

»Vollkommen,« entgegnete sie, »ich habe ihn gestern gesehen und was noch schlimmer ist, ich habe mit ihm gesprochen.«

»Hast mit ihm gesprochen? Wußte er, wo wir wohnten? Kam er in's Haus?«

»Ja. Er kam in's Haus, aber nicht hinauf. Laura hat ihn nicht gesehen; sie argwöhnt nichts. Ich hoffe, daß die Gefahr jetzt vorüber ist. Gestern, als Laura in der Wohnstube unserer alten Wohnung am Tische saß und zeichnete und ich ordnend umherging, kam ich zufällig an's Fenster und sah auf die Straße hinab. Da, auf der gegenüberliegenden Seite der Straße sah ich den Grafen und einen Mann, mit dem er sprach –«

»Bemerkte er dich am Fenster?«

»Nein – wenigstens glaubte ich es nicht. Ich war zu heftig erschrocken, um es genau zu sehen.«

»Wer war der andere Mann? Ein Fremder?«

»Nein, Walter, kein Fremder. Sowie ich nur wieder athmen konnte, erkannte ich ihn. Er war der Besitzer der Irrenanstalt.«

»Zeigte der Graf ihm das Haus?«

»Nein; sie unterhielten sich, wie wenn sie einander soeben zufällig auf der Straße begegnet wären. Ich blieb am Fenster und schaute hinter der Gardine herum zu ihnen hinunter. Hätte ich mich umgewandt und Laura in diesem Augenblicke mein Gesicht sehen lassen – aber ich danke Gott, daß sie in ihre Zeichnung vertieft war! Sie gingen bald auseinander. Der Mann der Irrenanstalt ging nach der einen Seite hin fort und der Graf nach der anderen. Ich sing an zu hoffen, daß sie durch Zufall in die Straße gekommen, als ich den Grafen zurückkommen, uns gegenüber abermals stille stehen, sein Taschenbuch herausnehmen, etwas auf eine Karte schreiben und dann hinüberkommen und in den Laden unter uns gehen sah. Ich lief an Laura vorbei, ehe sie mich sehen konnte, und sagte, ich habe etwas oben vergessen. Sobald ich aus dem Zimmer war, lief ich auf den Corridor hinunter und wartete – ich war entschlossen, ihn zurückzuhalten, falls er versuchen würde, hinaufzukommen. Doch machte er den Versuch nicht. Das Mädchen aus dem Laden kam durch die Verbindungsthür in den Gang hinaus und brachte mir seine Karte – eine große vergoldete Karte mit seinem Namen und einer Krone darüber und darunter diese Zeilen: ›Theure Dame‹ (ja! der Schurke unterstand sich noch jetzt, mich so anzureden) – ›theure Dame, ich bitte Sie dringend, mir zu gestatten, ein Wort mit Ihnen Zu sprechen, das uns Beide sehr ernstlich betrifft,‹ Ich fühlte sogleich, daß es ein unheilvolles Versehen sein könnte, falls ich im Dunkeln bleibe und dich im Dunkeln ließe, wo ein Mann wie der Graf im Spiele war. Ich fühlte, daß die Ungewißheit über das, was er in deiner Abwesenheit thun konnte, weit schlimmer zu ertragen wäre – falls ich mich weigerte, ihn zu sehen, als das Zusammentreffen, falls ich in dasselbe willigte. ›Ersuchen Sie den Herrn, im Laden zu warten,‹ sagte ich, ›ich werde sogleich zu ihm kommen.‹ Ich lief hinauf, um meinen Hut zu holen, da ich entschlossen war, ihn nicht im Hause zu mir sprechen zu lassen. Ich kannte seine tiefe, durchdringende Stimme zu gut und fürchtete, daß Laura dieselbe selbst vom Laden her hören würde. In weniger als einer Minute war ich wieder unten und hatte die Hausthür geöffnet. Er kam aus dem Laden mir entgegen. Da stand er – in tiefer Trauer, mit seiner glatten Stirn und seinem tödlichen Lächeln. Die ganze entsetzliche Zeit in Blackwater kam mir in's Gedächtnis zurück, als ich ihn erblickte. Der ganze alte Widerwille überschlich mich, als er mit einer schwenkenden Bewegung seinen Hut abnahm und mich anredete, wie wenn wir erst gestern auf dem freundschaftlichsten Fuße auseinandergegangen wären.«

»Du erinnerst dich, was er sagte?«

»Ich kann's nicht wiederholen, Walter. Du sollst sogleich hören, was er über *dich* sagte, aber wie er zu *mir* sprach, kann ich nicht wiederholen. Es war noch schlimmer, als die höfliche Impertinenz seines Briefes. Mir juckten die Hände, ihn zu schlagen. Ich konnte sie nur davon abhalten, indem ich unter meinem Tuche seine Karte in Stücke zerriß. Ohne meinerseits ein Wort zu sagen, ging ich vom Hause fort (aus Furcht, daß Laura uns erblicken könne), und er folgte mir. In der ersten Nebenstraße stand ich still und frug ihn, was er von mir verlange. Er verlangte zweierlei. Erstens, falls ich nichts dagegen hätte, seine Gefühle auszusprechen. Ich schlug es aus, sie anzuhören. Zweitens, die Warnung in seinem Briefe zu wiederholen. Ich frug, weshalb es nöthig sei, sie zu wiederholen. Er verbeugte sich und lächelte und sagte, er wolle es mir erklären. Diese Erklärung bestätigte vollkommen die Befürchtungen, die ich aussprach, ehe du uns verließest. Ich sagte dir, wie du dich entsinnen wirst, daß Sir Percival zu eigensinnig sein werde, um den Rath seines Freundes anzunehmen, wo du im Spiele seiest, und daß vom Grafen keine Gefahr zu fürchten, bis seine eigenen Interessen bedroht und er selbst zum Handeln aufgereizt würde?«

»Ich entsinne mich, Marianne.«

»Nun, so ist es auch richtig gekommen. Der Graf bot ihm seinen Rath an; aber derselbe wurde zurückgewiesen. Sir Percival wollte nur seiner eigenen Heftigkeit und seinem Hasse gegen dich folgen. Der Graf ließ ihm seinen Willen, nachdem er zuvor (für den Fall, daß zunächst seine Interessen bedroht würden) heimlich ausgekundschaftet hatte, wo wir wohnten. Man folgte dir, Walter, an dem Abend, wo du von deiner ersten Reise nach Hampshire zurückkehrtest – eine Strecke von der Station ab waren es die Spione des Advocaten, von da an bis zu unserem Hause aber der Graf selbst, wie es ihm gelungen, nicht von dir gesehen zu werden, hat er mir nicht gesagt; aber es war bei jener Gelegenheit und auf diese Weise, daß er uns fand. Nachdem er diese Entdeckung gemacht, ließ er sie unbenutzt, bis er die Nachricht von Sir Percivals Tode erhielt – und dann begann er, wie ich dir vorhergesagt hatte, für sich zu handeln, weil er glaubte, daß du nun zunächst den Mann angreifen würdest, der an dem Complotte des Todten theilgenommen. Er traf sofort seine Vorbereitungen, um mit dem Besitzer der Irrenanstalt in London zusammenzutreffen und ihn an den Ort zu führen, wo sich seine weggelaufene Patientin befinde; in dem Glauben, daß die Folge hievon, wie sie auch immer enden möge, die sein würde, dich in endlose gerichtliche Streitigkeiten und Schwierigkeiten zu verwickeln und es dir so unmöglich zu machen, deine Angriffe gegen ihn zu richten. Dies war sein Zweck, wie er mir selbst bekannte. Das Einzige, was ihn im letzten Augenblicke zögern ließ –«

»Nun?«

»Es ist hart, es eingestehen zu müssen, Walter – und doch muß es sein! Ich war der Gegenstand seiner Rücksicht. Ich habe keine Worte, dir zu sagen, wie tief dieser Gedanke mich demüthigt – aber die eine Schwache in jenes Mannes eisernem Charakter ist die wirkliche Bewunderung, welche er für mich fühlt. Ich habe, um meiner Selbstachtung willen, mich so lange wie möglich bemüht, dies nicht zu glauben; aber seine Blicke und Handlungen zwingen mich zu der beschämenden Ueberzeugung, daß es Wahrheit ist. Die Augen jenes Ungeheuers von Schlechtigkeit wurden feucht, während er zu mir sprach – ja, Walter! Er erklärte, daß in dem Augenblicke, wo er dem Irrenarzte das Haus zeigte, er meines Jammers gedachte, wenn ich von Laura getrennt würde, und der Verlegenheit, falls man mich dafür zur Rechenschaft zog, daß ich ihre Flucht bewerkstelligt hatte – und daß er um meinetwillen das Schlimmste riskirte, das du ihm thun könntest. Das Einzige, worum er bat, war, daß ich mich des Opfers erinnern und deiner Unbesonnenheit Einhalt thun möge – aus Rücksicht für mich selbst, eine Rücksicht, die er vielleicht nicht zum zweiten Male zu nehmen im Stande sein würde. Ich traf keine solche Uebereinkunft mit ihm, ich wäre lieber gestorben. Aber glaube ihm oder nicht, jedenfalls ist es gewiß, daß ich den Irrenarzt ihn verlassen sah, ohne daß Ersterer ein einziges Mal nach unseren Fenstern oder auch nur nach unserer Straßenseite herübergeblickt hätte.«

»Ich glaube es wohl, Marianne. Die besten Menschen sind im Guten nicht consequent – wie sollten es da die Schlimmsten im Bösen sein? Zu gleicher Zeit aber habe ich ihn im Verdacht, dich bloß mit etwas erschreckt zu haben, was er in Wirklichkeit gar nicht ausführen kann. Ich bezweifle, daß er im Stande ist, uns jetzt, da Sir Percival todt und Mrs. Catherick frei von allem Zwange ist, durch den Besitzer der Irrenanstalt Schwierigkeiten oder Unannehmlichkeiten zu bereiten. Doch laß mich weiter hören, was sagte der Graf von mir?«

»Er sprach von dir zuletzt. Seine Augen wurden klarer und härter und sein Wesen veränderte sich in jene Mischung erbarmungsloser Entschlossenheit und theatralischen Hohnes, durch den er so unergründlich wird. ›Warnen Sie Mr. Hartright,‹ sagte er mit seiner hochtrabendsten Miene. ›Er hat es mit einem Manne von Klugheit zu thun, einem Manne, der den Gesetzten und Gebräuchen der Gesellschaft mit seinen großen dicken Fingern ein Schnippchen schlägt, falls er sich mit *mir* messen will. Hätte mein armer verstorbener Freund meinen Rath angehört, so wäre die Leichenschau mit Mr. Hartright's Körper vorgenommen. – Aber mein armer verstorbener Freund war halsstarrig. Sehen Sie! Ich betraure seinen Verlust. Dieser unbedeutende Flor drückt Gefühle aus. die ich Mr. Hartright zu achten auffordere. Dieselben können sich in unermeßliche Feindseligkeit verändern, falls er sie zu stören wagt. Sei er zufrieden mit dem, was er erlangt hat – mit dem, was ich ihm und Ihnen um Ihretwillen ungestört lassen will. Sagen Sie ihm (mit meiner Empfehlung), daß, falls er mich anrührt, er es mit Fosco zu thun haben wird, und daß Fosco vor gar nichts zurückscheut! Theure Dame, guten Morgen.‹ Seine kalten, grauen Augen hefteten sich auf mein Gesicht – er nahm feierlich seinen Hut ab – und ging. An der Ecke der Straße wandte er sich um, machte eine Bewegung mit der Hand und legte sie dann theatralisch auf seine Brust. Er verschwand in der entgegengesetzten Richtung unseres Hauses, und ich eilte zu Laura zurück. Ehe ich noch wieder im Hause anlangte, war ich schon zu dem Entschlusse gekommen, daß wir fort müßten. Das Haus war (namentlich in deiner Abwesenheit) jetzt anstatt ein Zufluchtsort zu sein, ein Ort der Gefahr für uns. Wäre ich deiner Rückkehr gewiß gewesen, so würde ich es bis zu derselben verschoben haben. Aber ich wußte nichts mit Gewißheit und handelte daher sofort nach meinem Impulse. Du hattest, ehe du uns verließest, davon gesprochen, das du um Lauras Gesundheit willen eine ruhigere Nachbarschaft und reinere Luft suchen mochtest. Ich brauchte sie bloß hieran zu erinnern und vorzuschlagen, daß wir dich überraschten, indem wir den Umzug während deiner Abwesenheit hielten, um sie mit dem größten Eifer darauf eingehen zu sehen. Sie half mir, deine Sachen einpacken – und sie hat sie alle hier in deiner neuen Arbeitsstube wieder hergeordnet.«

»Wie kamst du auf den Gedanken, hieher zu ziehen?«

Ich fühlte die Notwendigkeit, möglichst weit von unserer alten Wohnung fortzugehen; und ich kannte Fulham etwas, weil ich hier früher einmal in Pension war. Ich schickte in der Hoffnung, daß diese Pension noch existirte, einen Boten an die Besitzerin derselben ab. Die Schule existire, jedoch unter der Leitung der Töchter meiner alten Lehrerin, welche indessen, nach dem in meinem Briefe ausgesprochenen Wunsche, dieses Logis für mich mietheten. Es war gerade vor Abgang der Post, als der Bote mit der Adresse des Hauses zurückkam, wir zogen nach dem Dunkelwerden fort – und langten ganz unbemerkt hier an. Habe ich recht gethan, Walter?«

Ich antwortete ihr mit der Wärme und Dankbarkeit, die ich in Wirklichkeit fühlte. Aber der sorgenvolle Ausdruck verließ ihr Gesicht noch immer nicht, während ich sprach, und ihre erste Frage, nachdem ich geendet, bezog sich auf Graf Fosco.

Ihre Ueberzeugung, daß jenes Mannes hassenswerthe Bewunderung für sie wirklich aufrichtig war, schien um das Hundertfache ihren Argwohn seiner unergründlichen Hinterlist und ihre tiefgewurzelte Furcht vor der boshaften Energie und Wachsamkeit all seiner Fähigkeiten vermehrt zu haben. Ihre Stimme wurde leiser, ihr Wesen zögernd und ihre Augen lasen mit einer eifrigen Angst in den meinigen, als sie mich frug, was ich über seinen Auftrag an mich denke und was ich demnächst zu thun beabsichtige.

»Es sind seit meiner Unterredung mit Mr. Kyrle erst wenige Wochen vergangen, Marianne,« sagte ich. »Als er und ich voneinander schieden, waren meine letzten Worte über Laura zu ihm folgende: ›Ihres Onkels Haus soll sich in Gegenwart Aller, die dem falschen Begräbnisse folgten, öffnen, um sie aufzunehmen; die Lüge, welche ihren Tod angibt, soll öffentlich und auf Befehl des Hauptes der Familie von dem Grabsteine wieder vertilgt werden; und die beiden Männer, welche ihr so bitteres Unrecht angethan, sollen *mir* für ihr Verbrechen Rede stehen, wenngleich die Gerechtigkeit, die zu Gerichte sitzt, machtlos ist, sie zu verfolgen.‹ Der eine dieser Männer ist außer meinem Bereiche. Der andere lebt und mein Entschluß lebt.«

Ihre Augen leuchteten und die Farbe stieg in ihre Wangen. Sie sagte nichts. Doch sah ich in ihrem Gesichte, wie ihre ganze Sympathie sich an die meinige schloß.

»Ich verhehle weder dir noch mir,« fuhr ich fort, »daß unsere Aussichten im höchsten Grade zweifelhaft sind. Die Gefahren, denen wir bisher bereits ausgesetzt gewesen, waren vielleicht Kleinigkeiten im Vergleich mit denen, die uns noch in Zukunft drohen – aber dennoch soll der Versuch gewagt werden, Marianne. Ich bin nicht so unbesonnen, mich mit einem Manne wie Graf Fosco messen zu wollen, ehe ich nicht wohl auf ihn vorbereitet bin. Ich habe Geduld gelernt; ich kann warten, wir wollen ihn glauben lassen, daß seine Botschaft an mich ihre Wirkung gehabt; wollen nichts von uns hören lassen; wir wollen ihm volle Zeit geben, sich sicher zu fühlen – und sein eigener prahlerischer Charakter wird, wenn ich mich nicht sehr in ihm getäuscht habe, den Erfolg beschleunigen. Dies ist ein Grund, um zu warten; aber ich habe noch einen wichtigeren. Meine Stellung, Marianne, dir und Laura gegenüber, muß noch fester sein, als sie jetzt ist, ehe ich unsere letzte Chance versuche.«

Sie beugte sich mit einem Blicke der Ueberraschung zu mir herüber.

»Wie kann sie fester werden?« frug sie.

»Das will ich dir sagen, wenn die Zeit kommt,« entgegnete ich. »Bis jetzt ist sie noch nicht gekommen, und vielleicht kommt sie niemals. Ich mag darüber schweigen, bis ich sehe, daß ich rechtschaffener- und redlicherweise sprechen kann. Doch wollen wir den Gegenstand fallen lassen. Ein Anderer hat noch dringenderes Recht an unsere Beachtung, Du hast Laura mitleidsvoll über ihres Mannes Tod in Unwissenheit gelassen –?«

»G Walter, muß sie es nicht noch lange bleiben?«

»Nein, Marianne. Es wird besser sein, daß du es ihr jetzt sagst, als daß der Zufall es ihr später verriethe. Verschone sie mit den Einzelheiten – bereite sie sehr sorgfältig darauf vor – aber sage ihr, daß er todt ist.«

»Du hast noch außer dem Grunde, den du angibst, einen, der dich wünschen läßt, sie von dem Tode ihres Mannes zu unterrichten, Walter?«

»Ja.«

»Einen Grund, der mit dem Gegenstande in Verbindung steht, dessen wir noch nicht weiter erwähnen wollen?«

Sie sagte diese Worte mit bedeutungsvollem Ausdrucke und mit einem ebensolchen gab ich ihr die bejahende Antwort.

Sie erbleichte – und schaute mich eine Weile mit einer traurigen, zögernden Theilnahme an.

»Ich glaube, ich verstehe dich,« sagte sie. »Ich glaube, ich bin es dir und ihr schuldig, ihr den Tod ihres Mannes mitzutheilen, Walter!«

Sie seufzte und hielt einen Augenblick meine Hand fest in der ihrigen – dann ließ sie dieselbe plötzlich sinken und verließ das Zimmer. Am folgenden Tage wußte Laura, daß sein Tod sie freigegeben und daß der Irrthum und das Unglück ihres Lebens mit ihm begraben seien.

Sein Name wurde unter uns nicht mehr erwähnt und ebenso gewissenhaft enthielten Marianne und ich uns jeder Erwähnung jenes anderen Gegenstandes, dessen wir für's Erste nicht wieder zu gedenken übereingekommen waren. Derselbe war deshalb uns nicht weniger gegenwärtig – er wurde im Gegentheil durch die Zurückhaltung, die wir uns auferlegt, noch lebendiger erhalten, wir beobachteten Beide Laura aufmerksamer denn je; einmal wartend und hoffend, dann wieder wartend und fürchtend – bis die Zeit käme.

Ich nahm die tägliche Arbeit wieder auf, welche ich durch meine Abwesenheit in Hampshire unterbrochen hatte. Unsere neue Wohnung kostete mehr als die kleinere und weniger bequeme, welche wir verlassen hatten, und die Notwendigkeit verdoppelter Anstrengungen wurde noch durch das Zweifelhafte unserer ferneren Aussichten vermehrt. Es konnten sich dringende Fälle ereignen, die unser kleines Vermögen beim Banquier erschöpfen würden, und die Arbeit meiner Hände mochte am Ende das Einzige sein, worauf wir für unseren Unterhalt rechnen durften. Es war für unsere Stellung nothwendig, daß ich mich nach einer festeren und einträglicheren Beschäftigung umsah, als mir bisher zu Theil geworden – eine Notwendigkeit, welcher nachzukommen ich mich jetzt nach Kräften bemühte.

Man denke nicht, daß ich in dem Zwischenraume von Ruhe und Zurückgezogenheit, von welchem ich jetzt schreibe, ganz und gar die Verfolgung des einen Zweckes aufgab, mit dem alle meine Gedanken und Absichten in diesen Blättern verknüpft sind. Dieser Zweck ließ während vieler Monate nicht nach in seinen Forderungen an mich. Das langsame Reifen desselben ließ mir noch immer Zeit, eine Vorsichtsmaßregel zu treffen, eine Pflicht der Dankbarkeit zu erfüllen und eine zweifelhafte Frage zu lösen.

Die Vorsichtsmaßregel bezog sich natürlich auf den Grafen Fosco. Es war von der höchsten Wichtigkeit, womöglich zu erfahren, ob seine Pläne ihn nöthigten, in England zu bleiben. Es gelang mir durch sehr einfache Mittel, diesen Zweifel zu lösen. Da mir seine Adresse in St. John's Wood bekannt war, stellte ich in der Nachbarschaft meine Nachfragen an und als ich ausfindig gemacht, welcher

Hausagent über das möblirte Haus zu verfügen hatte, in dem der Graf wohnte, frug ich denselben, ob Nummer 5, Forest Road, bald zu vermiethen sein werde. Die Antwort war, daß der fremde Herr, welcher es bewohne, seinen Contract auf sechs Monate erneuert habe und bis Ende Juni nächsten Jahres dort wohnen bleiben werde, wir waren jetzt erst im Anfange des Monats December. Ich verließ den Agenten mit beruhigtem Gemüthe, daß mir der Graf wenigstens für's Erste nicht entwischen werde.

Die Pflicht der Dankbarkeit, die ich zu erfüllen hatte, führte mich nochmals zu Mrs. Clements. Ich hatte ihr versprochen, wiederzukommen und ihr jene Einzelheiten in Bezug auf Anna Catherick's Tod und Begräbnis mitzutheilen, welche ich ihr in unserer ersten Unterredung zu verschweigen genöthigt war. Unter den jetzigen veränderten Umständen lag kein Hindernis im Wege, daß ich der guten Frau so viel von der Geschichte des Anschlages anvertraute, wie zum Verständnisse der Sache nothwendig war.

Es ist unnöthig, diese Blätter noch mit dem zu beladen, was sich bei dieser Unterredung zutrug. Es wird mehr zur Sache gehörig sein, wenn ich sage, daß dieselbe mich nothwendigerweise an die eine schwebende Frage erinnerte, die noch ungelöst geblieben – die Frage nämlich, wer Anna Cathericks Vater gewesen.

Eine Menge kleiner Betrachtungen in Verbindung mit diesem Gegenstande – die an sich unbedeutend genug, zusammengenommen aber von auffallender Bedeutung waren – hatten mich neuerdings zu einer Muthmaßung geführt, die ich zu bestätigen beschloß, Ich erhielt Erlaubnis von Mariannen, an Major Donthorne auf Varneck Hall zu schreiben (in dessen Hause Mrs. Catherick einige Jahre vor ihrer Verheiratung gedient hatte), um gewisse Fragen an ihn zu thun. Ich that dies in Mariannens Namen und entschuldigte mein Ersuchen dadurch, daß die Sache für gewisse persönliche Interessen der Familie von Wichtigkeit sei. Ich wußte nicht, als ich den Brief schrieb, ob Major Donthorne noch am Leben sei; ich schickte ihn auf gut Glück ab.

Nach Verlauf von zwei Tagen kam der Beweis in der Gestalt eines Briefes, daß der Major lebte.

Der Gedanke, welcher meinen Brief an ihn dictirt und die Beschaffenheit meiner Fragen wird leicht aus seiner Antwort ent-

nommen werden können. Dieselbe enthielt folgende wichtige Thatsachen:

Erstens war »der verstorbene Sir Percival Glyde von Blackwater
Park« in seinem Leben mit keinem Fuße in Varneck Hall gewesen.
Derselbe war dem Major Donthorne und seiner ganzen Familie
persönlich vollkommen unbekannt gewesen.

Zweitens war »der verstorbene Mr. Philipp Fairlie von Limmeridge House« in seinen jüngeren Tagen Major Donthorne's vertrauter
Freund und häufiger Gast gewesen. Nachdem er sein Gedächtnis
dadurch aufgefrischt, daß er in alten Briefen und Papieren nachge-
sehen, konnte Major Donthorne mit Gewißheit sagen, daß Mr. Philipp Fairlie ihn im Monat August 1826 in Varneck Hall besucht
hatte und während der Monate September und October dort zur
Jagd geblieben war. Er reiste dann von dort, soviel der Major sich
erinnerte, nach Schottland und kehrte erst nach geraumer Zeit einmal wieder, und zwar in der veränderten Eigenschaft eines Neu-
vermählten, nach Varneck Hall zurück.

An sich selbst war diese Mittheilung vielleicht von geringem po-
sitiven Werthe – aber in Verbindung mit gewissen Thatsachen, die
sowohl Mariannen wie mir als vollkommen richtig bekannt waren –
führte sie zu einem Schlusse, der für uns augenfällig war.

Nachdem uns jetzt bekannt geworden, daß Mr. Philipp Fairlie im
Herbste des Jahres 1826 sich als Gast in Varneck Hall aufgehalten,
wo zur selben Zeit Mrs. Catherick im Dienste gewesen, wußten wir
außerdem: erstens, daß Anna Catherick im Juni 1827 geboren war;
zweitens, daß sie stets eine ganz auffallende persönliche Aehnlichkeit mit Laura gehabt, und drittens, daß Laura selbst ein genaues
Ebenbild ihres Vaters gewesen. Mr. Philipp Fairlie war einer der
wegen ihrer Schönheit berühmten Männer seiner Zeit gewesen.
Indem er seinen Gemüthsanlagen nach seinem Bruder Frederick
vollkommen unähnlich, war er der verzogene Liebling der Gesellschaft, besonders aber der Frauen – ein gefälliger, warmherziger,
liebenswürdiger Mann; großmüthig bis zum Fehler, ohne besonders
feste Grundsätze und bekannt als durchaus rücksichtslos in Bezug
auf moralische Verbindlichkeiten gegen Frauen. Dies waren die uns
bekannten Facta und dies der Charakter des Mannes. Gewiß bedarf

doch der hieraus sich ergebende klare Schluß keiner näheren Erklärung?

In dem neuen Lichte, welches mir jetzt aufgegangen, trug Mrs. Catherick's Brief wider ihren willen sein Scherflein dazu bei, mich in dieser meiner Ueberzeugung zu bestärken. Sie hatte Mrs. Fairlie (in ihrem Briefe an mich) als »häßlich« beschrieben und hinzugefügt, daß sie »dem schönsten Manne in England so lange Fallen gelegt, bis er sie geheiratet habe«. Beide Behauptungen waren unaufgefordert von ihr gemacht worden und beide waren falsch. Eifersüchtiger Haß schien mir die einzige begreifliche Ursache für die besondere Impertinenz ihrer Erwähnung von Mrs. Fairlie, unter Umständen, die eine solche Erwähnung in keiner weise nöthig machten.

Die Erwähnung von Mrs. Fairlie's Namen hier bringt noch eine andere Frage in Anregung. Ahnte sie je, wessen Kind das kleine Mädchen sein mochte, das man nach Limmeridge brachte?

Mariannens Zeugnis über diesen Punkt war entscheidend. Mrs. Fairlie's Brief an ihren Gemahl, der mir früher einmal vorgelesen worden – der Brief, welcher Annas Aehnlichkeit mit Laura beschrieb und ihrer eigenen Zuneigung zu der kleinen Fremden erwähnte – war ohne allen Zweifel in vollkommner Herzensunschuld geschrieben. Es scheint sogar fraglich, ob Mr. Philipp Fairlie selbst einem Verdachte der Wahrheit näher gewesen als seine Frau. Der abscheuliche Betrug, unter welchem Mrs. Catherick geheiratet, und die Ursache, welche sie dazu bewogen hatte, ließ sie vorsichtshalber oder auch vielleicht stolzeshalber schweigen – selbst wenn man annehmen wollte, daß sie im Stande gewesen, mit dem Vater ihres ungeborenen Kindes während seiner Abwesenheit zu correspondiren.

Als diese Vermuthung sich mir aufdrängte, gedachte ich jener Worte der heiligen Schrift, die uns Allen oft vor die Seele getreten sind und uns mit Schrecken und mit Ehrfurcht erfüllt haben: »Die Sünden der Väter sollen an ihren Kindern heimgesucht werden.« Wäre nicht die unheilvolle Aehnlichkeit zwischen den beiden Töchtern eines Vaters gewesen, so hätte der Anschlag, dessen unschuldiges Werkzeug Anna und dessen unschuldiges Opfer Laura gewesen, nie erdacht werden können. Mit wie unfehlbarer, sicherer Geradheit führte nicht die lange Kette von Ereignissen von des Vaters rücksichtslosem Unrecht zu des Kindes herzbrechendem Leiden hinab!

Diese Gedanken und andere in ihrer Begleitung führten meinen Geist fort nach dem kleinen Friedhofe in Cumberland, wo Anna Catherick begraben lag. Ich dachte an jene vergangene Zeit, wo ich sie an Mrs. Fairlie's Grabe gefunden, an ihre armen hilflosen Hände, wie sie sich auf den Grabstein legten, und an ihre müden, sehnsüchtigen Worte, die sie ihrer todten Beschützerin und Freundin zumurmelte.»O, wenn ich doch sterben könnte und bei *Ihnen* ruhen!« Wenig mehr als ein Jahr war vergangen, seit sie jenen Wunsch geflüstert, und auf wie unerforschliche, furchtbare Weise war er bereits erfüllt. Die Worte, die sie am Ufer des Sees zu Laura gesprochen, sie waren wahr geworden.»O, wenn ich doch nur bei Ihrer Mutter liegen könnte! wenn ich doch an ihrer Seite erwachen dürfte, wenn des Engels Posaune schmettert und die Gräber ihre Todten wieder herausgeben.« Durch welche tödlichen Verbrechen und Schrecken, durch welche dunklen Wendungen war das verlassene Wesen unter Gottes Teilung in jene letzte Heimat eingegangen! In dieser heiligen Ruhe lasse ich sie liegen – sie bleibe ungestört bei ihrer todten Freundin! – –

Und so sinkt die gespenstische Gestalt, welche durch diese Blätter geschlichen und mein Leben unheimlich gemacht hat, hinab in die undurchdringliche Finsternis, wie ein Schatten kam sie zuerst zu mir in der Stille der Nacht, wie ein Schatten schwindet sie dahin in der Einsamkeit des Todes.

XIV.

Es vergingen vier Monate. Der April kam – der Monat des Frühlings, der Monat des Wechsels.

Die Zeit war uns während des Winterzwischenraumes friedlich und glücklich zu Hause vergangen. Ich hatte meine Beschäftigungshilfsquellen bedeutend erweitert und unseren Lebensunterhalt sicherer begründet, von der angstvollen Ungewißheit und Bangigkeit befreit, welche sie so schwer und so lange bedrückt hatte, erholten sich Mariannens frohe Lebensgeister, und die natürliche Energie ihres Charakters machte sich wieder geltend mit etwas von der Freiheit und Kraft früherer Zeiten.

Laura, die unter dem Wechsel fügsamer war als ihre Schwester, zeigte auch noch deutlicher die Fortschritte, welche sie unter dem heilenden Einflusse ihres neuen Lebens machte. Das abgezehrte, elende Aussehen, das ihr Gesicht so frühzeitig gealtert hatte, verließ dasselbe bald, und der Ausdruck, welcher in früheren Zeiten der größte Zauber ihres Gesichtes gewesen, war der erste der Reize, die jetzt wiederkehrten. Aber ihre Erinnerung der Ereignisse von dem Augenblicke an, wo sie Blackwater Park verlassen, bis zu dem, wo wir im Friedhofe zu Limmeridge einander gegenüber gestanden, war hoffnungslos entschwunden. Bei der geringsten Hindeutung auf jene Zeit zitterte sie; ihre Worte wurden verwirrt; ihr Gedächtnis wanderte irr umher und verlor sich so hilflos wie je. Hier – und nur hier allein – lagen die Spuren der Vergangenheit zu tief, um sich verwischen zu lassen.

In allem Uebrigen hatte sie sich jetzt in dem Grade erholt, daß sie von ihren besten Tagen zuweilen wieder sprach und aussah, wie die Laura Fairlie vergangener Zeiten. Die glückliche Veränderung hatte ihren natürlichen Erfolg bei uns Beiden. Auf ihrer Seite und auf der meinigen erwachten jetzt aus ihrem langen Schlummer jene unauslöschlichen Erinnerungen unseres früheren Lebens in Cumberland – die Erinnerungen an unsere Liebe.

Allmälig und unmerklich wurden unsere täglichen Beziehungen zu einander gezwungener. Die liebevollen Worte, welche ich in den Tagen ihres Leidens und Kummers auf so natürliche Weise zu ihr gesprochen, fielen jetzt zagend von meinen Lippen. Zur Zeit, wo meine Angst, sie zu verlieren, in meinem Geiste am lebhaftesten war, hatte ich sie stets zum Morgen- und zum Abendgruße geküßt. Dieser Kuß schien jetzt fort – aus unserem Leben verloren zu sein. Unsere Hände fingen wieder an zu zittern, wenn sie sich begegneten. Wir sahen einander selten lange an, wenn Marianne nicht zugegen war, und schwiegen in der Unterhaltung. Wenn ich sie durch Zufall berührte, begann mein Herz schneller zu schlagen, wie ehedem in Limmeridge – ich sah die liebliche erwidernde Rosengluth in ihre Wangen steigen, wie wenn wir wieder als Lehrer und Schülerin in den Hügeln von Cumberland gewesen. Sie hatte Zeiten langen Schweigens und langer Nachdenklichkeit und gestand dies nicht zu, wenn Marianne sie um ihre Gedanken befragte. Ich ertappte mich eines Tages dabei, daß ich meine Arbeit vernachlässigte und über der kleinen Wasserfarbenskizze träumte, die ich von ihr in dem kleinen Sommerhäuschen gemacht, in dem wir einander zuerst gesehen. So verändert die Verhältnisse jetzt waren, schien unsere Stellung zu einander in den goldenen Tagen unseres ersten Umganges mit dem Erwachen unserer Liebe wieder dieselbe zu werden, die sie in Limmeridge House gewesen. Es war, als ob die Zeit uns auf dem Wrack unserer ersten Hoffnungen an die alten heimischen Ufer zurückgetrieben habe!

Zu jedem anderen Weibe hätte ich die entscheidenden Worte zu sprechen vermocht, die zu ihr zu sprechen ich noch immer zögerte. Und dennoch wußte ich, daß der Zwang von beiden Seiten ein Ende haben, daß die Beziehung, in der wir zu einander standen, auf eine bestimmte Weise für die Zukunft verändert werden müsse und daß es zuerst meine Sache sei, die Notwendigkeit dieser Veränderung anzuerkennen.

Je mehr ich an unsere Stellung dachte, desto schwerer erschien mir der Versuch, dieselbe zu ändern, solange die häuslichen Verhältnisse, in denen wir alle drei während des Winters zusammen gelebt, ungestört bleiben. Es hatte sich der Gedanke bei mir festgesetzt, daß irgend eine Veränderung des Aufenthaltes und der Verhältnisse, irgend eine plötzliche Störung der ruhigen Einförmigkeit unseres Lebens, die so eingerichtet würde, daß dadurch unser häuslicher Umgang ein ganz verschiedenes Aussehen bekäme, mir einen Weg zum Sprechen bahnen und es für Laura und Marianne leichter und weniger verlegen machen würde, zu hören.

Mit diesem Zwecke im Auge sagte ich eines Morgens, ich denke, wir hätten Alle eine kleine Zerstreuungs- und Ortsveränderung verdient. Nach einiger Ueberlegung wurde bestimmt, daß wir auf vierzehn Tage an die Seeküste gehen wollten.

Demzufolge verließen wir Fulham am folgenden Tage und reisten nach einer stillen Seestadt an der Südküste. Zu dieser frühen Jahreszeit waren wir die einzigen Badegäste. Die Klippen, der Strand und die Spaziergänge waren alle so einsam, wie dies uns am willkommensten war. Die Luft war milde; die Aussicht über Hügel, Holz und Dünen lag in der lieblichen Abwechslung des Aprillichtes und Schattens da und die unruhige See tanzte vor unseren Fenstern, wie wenn auch sie sich der Wiederkehr der Wärme und des Frühlings freute.

Ich war es Mariannen schuldig, sie zu Rathe zu ziehen, ehe ich mit Laura spräche, um mich dann durch sie leiten zu lassen.

Am dritten Tage nach unserer Ankunft fand ich eine Gelegenheit, allein mit ihr zu sprechen. In dem Augenblicke, wo wir einander ansahen, entdeckte ihr schneller Blick, noch ehe ich den Gedanken aussprechen konnte, was in meinem Geiste vorging. Mit ihrer gewohnten Energie und Geradheit sprach sie zuerst.

»Du denkst an jenen Gegenstand, dessen wir am Abend deiner Heimkehr aus Hampshire erwähnten,« sagte sie. »Ich habe schon seit einiger Zeit erwartet, daß du ihn zur Sprache bringen würdest. Es muß eine Veränderung m unserem kleinen Haushalte vorgenommen werden, Walter; so wie es jetzt ist, kann es nicht lange mehr bleiben. Ich sehe dies ebenso deutlich wie du – ebenso deutlich wie Laura es einsieht, obgleich sie nichts sagt. Auf wie seltsame Weise die alte Zeit in Cumberland zurückgekehrt zu sein scheint! Ich könnte mir fast einbilden, daß dies Zimmer das Sommerhäuschen zu Limmeridge und jene Wellen die Wellen wären, welche *unseren* Strand bespülten.«

»In jenen Tagen ließ ich mich durch deinen Rath leiten,« sagte ich, »und jetzt, Marianne, will ich mich abermals – nur mit dem zehnfachen Vertrauen – von ihm leiten lassen.«

Sie antwortete, indem sie meine Hand drückte. Ich sah, daß sie tief bewegt war durch die Erinnerung an die Vergangenheit, wir saßen nebeneinander am Fenster und während ich sprach und sie zuhörte, schauten wir hinaus auf die Pracht des Sonnenlichtes und die Majestät des weiten Meeres.

»Was auch nach dieser Unterredung zwischen uns kommen möge,« sagte ich, »ob sie für *mich* glücklich oder schmerzlich ende, Lauras Wohl wird stets das Interesse meines Lebens sein, wenn wir diesen Ort verlassen – und in welchen gegenseitigen Beziehungen dies auch sei – so kehrt mein Entschluß, das Bekenntnis, welches uns nicht gelang, von seinem Mitschuldigen zu erlangen, aus Graf Fosco herauszubringen, mit mir nach London zurück, so gewiß, wie ich selbst zurückkehre. Es ist uns Beiden unmöglich zu sagen, was er gegen mich thun wird, wenn ich ihn in die Enge treibe; wir wissen nur nach seinen eigenen Worten und Handlungen, daß er mich durch Laura ohne einen Augenblick des Zögerns oder Bedenkens zu treffen im Stande ist. In unserer jetzigen Stellung habe ich kein Anrecht an sie, das die Gesellschaft billigt und das Gesetz anerkennt, um mich ihm zu widersetzen und *sie* zu schützen. Ich bin dadurch in einer höchst unvortheilhaften Lage. Falls ich in der festen Ueberzeugung von Lauras Sicherheit mich mit dem Grafen in einen Kampf einlassen soll, so muß dieser Kampf für mein *Weib* geschehen. Bist du so weit mit mir einverstanden, Marianne?«

»Vollkommen,« entgegnete sie.

»Es mögen noch andere Mittel, um unseren Zweck zu erreichen, in unserer Macht liegen,« fuhr ich fort, »aber sollten wir jetzt, da Laura wieder aussieht wie sie selbst, sie nach Limmeridge bringen und auf das Erkennen der Dorfleute hoffen? Sollten wir den praktischen Versuch mit ihrer Handschrift anstellen? Gesetzt, wir thäten dies, würde der Erfolg in beiden Fällen mehr bewirken, als daß er eine ausgezeichnete Grundlage zu einem Processe böte? würde dies Erkennen ihrer selbst und ihrer Handschrift Mr. Fairlie von ihrer Identität überzeugen und ihn bestimmen, sie trotz des Zeugnisses ihrer Tante, des Zeugnisses des Arztes, des Begräbnisses und der Inschrift auf dem Grabsteine, wieder bei sich in Limmeridge House aufzunehmen? Nein! Wir dürften nur hoffen, daß es uns gelingen würde, einen ernstlichen Zweifel an der Behauptung ihres Todes zu erregen – den nichts als eine gerichtliche Untersuchung zu lösen im Stande sein würde. Ich will annehmen (was durchaus nicht der Fall ist), daß wir Geld genug besitzen, um diese Untersuchung durch alle ihre Stadien hindurchzuführen. Ich will annehmen, daß man Mr. Fairlie seine Vorurtheile ausreden könnte; daß das falsche Zeugnis des Grafen und seiner Frau und alle übrigen falschen Zeugnisse widerlegt werden können – alles Voraussetzungen, die gegen alle Wahrscheinlichkeit sind – und dann wollen wir uns fragen, welches die ersten Folgen der ersten Fragen sein würden, die man Laura in Bezug auf den schändlichen Anschlag vorlegte, wir wissen nur zu wohl, was die Folgen sein würden – denn wir wissen, daß ihr nie die Erinnerung an das, was sich in London mit ihr zugetragen, zurückgekehrt ist. Sie bleibt immer gleich unfähig, die Behauptung ihrer eigenen Sache zu unterstützen. Falls du dies nicht so klar siehst, wie ich es sehe, Marianne, dann wollen wir morgen nach Limmeridge gehen und den Versuch wagen.«

»Ich *sehe* es, Walter. Gibt es wirklich noch eine Aussicht?«

»Ohne allen Zweifel, ja. Es ist dies die Aussicht, das verlorene Datum von Lauras Reise nach London zu finden. Ich bin noch immer ebenso fest wie zuvor überzeugt, daß zwischen dem Datum jenes Tages und dem des Todtenscheines ein Widerspruch besteht. Dies ist der Punkt, wo die Schwäche des ganzen Anschlages liegt – er wird in Stücke zerschellen, wenn wir ihn von dieser Seite her angreifen, und die Mittel zu diesem Angriffe sind im Besitze des Grafen. Falls es mir gelingt, sie ihm zu entreißen, so ist der Zweck meines Lebens und der des deinigen erfüllt. Mißlingt es nur aber, so wird das Unrecht, das Laura erlitten, in diesem Leben nicht mehr wieder gutgemacht.«

»Fürchtest du selbst ein Mißlingen, Walter?«

»Ich wage es nicht, Erfolg zu erwarten, und eben darum spreche ich so offen und so deutlich, wie ich es soeben gethan, Marianne. Nach meinem eigenen innersten Dafürhalten muß ich gestehen, daß Lauras Aussichten auf die Zukunft auf der niedrigsten Ebbe stehen. Ich weiß, daß ihr Vermögen fort ist. Ich weiß, daß ihre letzte Aussicht, den Platz in der Welt wieder einnehmen zu dürfen, der ihr gebührt, in der Gewalt ihres schlimmsten Feindes liegt – eines Mannes, der augenblicklich durchaus unangreifbar ist und es bis zuletzt bleiben mag. Und jetzt, da alle weltlichen Vortheile sie verlassen, da ihre Aussichten, jemals wieder in Rang und Stellung einzutreten, mehr als zweifelhaft sind – da sie keine klarere Zukunft vor sich sieht, als die, welche ihr Mann ihr zu bieten im Stande sein mag – jetzt darf der arme Zeichenlehrer, ohne Tadel zu verdienen, endlich sein Herz öffnen. In den Tagen ihres Glückes, Marianne, war ich nur der Lehrer, der ihre Hand führte – jetzt, in ihrem Unglücke bitte ich um diese Hand, als die meines Weibes!«

Mariannens Augen begegneten liebevoll den meinen. Ich konnte nichts weiter sagen. Mein Herz war voll und meine Lippen bebten, Ich war wider Willen in Gefahr, mich an ihr Mitleid zu wenden. Ich stand auf, um das Zimmer zu verlassen. Sie erhob sich in demselben Augenblicke, legte ihre Hand sanft auf meine Schulter und hielt mich zurück.

»Walter!« sagte sie, »einst trennte ich euch Beide zu ihrem und zu deinem Besten. Warte hier, mein Bruder! – warte, mein einziger, bester Freund, bis Laura kommt und dir sagt, was ich jetzt gethan haben werde!«

Zum ersten Male seit jenem Abschiedsmorgen in Limmeridge berührte sie meine Stirn wieder mit ihren Lippen und indem sie dies that, fiel eine Thräne auf mein Gesicht. Sie wandte sich schnell ab und verließ das Zimmer.

Ich setzte mich am Fenster nieder und erwartete die Krisis meines Lebens, während dieses athemlosen Zeitraumes war mir's, als ob mein Geist eine Leere sei. Ich war mir nichts bewußt, als einer fast schmerzhaften Intensität aller bekannten Gegenstände. Die Sonne wurde blendend hell; die weißen Seemöven, die weit hinaus einander jagten, schienen dicht vor meinem Gesichte hinzufliegen und das leise Plätschern der Wellen am kiesigen Strande schlug wie Donner an meine Ohren.

Die Thür öffnete sich und Laura kam allein herein. So war sie am Morgen, wo wir in Limmeridge voneinander schieden, in's Zimmer getreten. Langsam und zögernd, voll Kummer und Zagen war sie damals zu mir herangekommen. Jetzt kam sie mit glücklich eilenden Füßen, mit glücklich strahlenden Antlitze. Unaufgefordert umschlangen mich die geliebten Arme, begegneten die theuren Lippen den meinigen. »Mein Herzensliebling!« flüsterte sie, »jetzt dürfen wir gestehen, daß wir einander lieben?« Ihr Haupt ruhte in zärtlicher Zufriedenheit an meiner Brust. »O,« sagte sie unschuldsvoll, »ich bin so glücklich!«

Zehn Tage später waren wir noch glücklicher. Wir waren vermählt.

XV.

Der Gang dieser Erzählung führt mich auf seiner ununterbrochen fortschreitenden Bahn von unserem verheirateten Leben fort dem Ende entgegen.

In vierzehn Tagen waren wir alle Drei wieder nach London zurückgekehrt, und der Schatten des kommenden Kampfes schlich sich über uns hin.

Marianne und ich trugen Sorge, Laura über die Ursache, welche uns so schnell zurückzukehren trieb – die Notwendigkeit nämlich, uns des Grafen zu versichern – in Unwissenheit zu erhalten. Wir waren jetzt im Anfang des Monats Mai, und des Grafen Contract hinsichtlich des Hauses in Forest Road würde im Juni abgelaufen sein. Falls er denselben erneuerte (und dies anzunehmen hatte ich Gründe, die ich in Kurzem nennen werde), konnte ich ziemlich sicher sein, daß er mir nicht entwischen würde. Falls er jedoch meine Erwartungen täuschte und das Land verließe – dann hätte ich keine Zeit zu verlieren, indem ich mich nach Kräften für die Begegnung mit ihm waffnete.

Die erste Nothwendigkeit war, etwas über den Mann zu erfahren. Bis jetzt war mir seine wahre Lebensgeschichte ein undurchdringliches Geheimnis.

Ich begann mit solchen spärlichen Erkundigungsquellen, wie sie mir zu Gebote standen. Die wichtige Aussage Mr. Frederick Fairlie's (welche Marianne erhalten hatte, indem sie meine ihr im Winter ertheilten Weisungen befolgte) erwies sich als nutzlos für den besonderen Zweck, aus dessen Gesichtspunkte ich ihn jetzt betrachtete, während ich dieselbe las, überlegte ich nochmals die Mittheilungen, welche Mrs. Clements mir über die Reihe von Betrügereien gemacht hatte, durch die man Anna von London gelockt und sie dort dem Interesse des Verrathes geopfert hatte. Auch hier wieder hatte der Graf sich nicht offenbar compromittirt; auch hier war er für jeden praktischen Zweck für mich unerreichbar.

Ich wandte mich zunächst zu Mariannens Tagebuche in Blackwater Park. Auf meinen Wunsch las sie mir nochmals eine Stelle aus demselben vor, in welcher es sich um die wenigen Einzelheiten handelte, welche sie sich über ihn zu verschaffen vermocht hatte.

Die Stelle, auf die ich hier hindeute, erscheint in jenem Theile ihres Tagebuches, wo sie seinen Charakter und seine Persönlichkeit beschreibt. Sie sagt, er habe »seit Jahren nicht mehr den Boden seines Vaterlandes betreten« – habe sich erkundigt, »ob in der Blackwater Park am nächsten gelegenen Stadt sich Italiener aufhielten« – und daß er »Briefe mit allerlei Poststempeln erhalten, worunter einer mit einem großen, offiziell aussehenden Siegel gewesen«. Sie ist geneigt zu glauben, daß seine lange Abwesenheit von seinem Geburtslande durch die Annahme zu erklären wäre, daß er ein politischer Flüchtling sei. Auf der anderen Seite dagegen läßt sich diese Idee nicht mit dem Umstände in Einklang bringen, daß er Briefe aus dem Auslande mit »großen, officiell aussehenden Siegeln« erhalten, indem Briefe an politische Flüchtlinge gewöhnlich die letzten sind, welche auf diese Weise die Aufmerksamkeit der Postämter auf sich zu ziehen suchen.

Die Betrachtungen, welche sich mir aus dem Tagebuche aufdrängten, verbunden mit gewissen Ahnungen, die aus ihnen entstanden, ließen mich zu einem Schlusse kommen, an den nicht früher gedacht zu haben mich jetzt Wunder nahm. Ich sagte jetzt zu mir selbst, was Laura einst in Blackwater Park zu Mariannen gesagt und was die Gräfin Fosco, indem sie an der Thür gehorcht, gehört hatte – der Graf ist ein *Spion!*

Laura hatte dieses Wort in ihrer natürlichen Entrüstung über sein Verfahren gegen sie angewendet. Ich aber that dies in der wohl erwogenen Ueberzeugung, daß sein Lebensberuf der eines Spions sei. Nach dieser Voraussetzung wurde sein Bleiben in England, so lange nachdem er den Zweck des Complotts erreicht, vollkommen verständlich.

Das Jahr, von dem ich jetzt schreibe, war das der großen Industrieausstellung im Krystall-Palaste in Hyde Park. Ausländer waren in großer Anzahl bereits in England angekommen und ihre Zahl vermehrte sich noch täglich. Es befanden sich Männer unter uns, welche der unausgesetzte Argwohn ihrer Regierungen durch angestellte Agenten bis an unsere Gestade verfolgen ließ. Meine Muthmaßungen ließen mich keinen Augenblick, einen Mann von des Grafen Fähigkeiten und gesellschaftlicher Stellung mit der gewöhnlichen Menge von Spionen vergleichen. Ich hatte ihn im Verdachte, daß er eine officielle Stellung einnehme; daß das Gouvernement, den er im Geheimen diente, ihn mit der Organisation und Leitung besonderer Agenten, weiblicher sowohl als männlicher, in diesem Lande beauftragt hatte, und ich glaubte, daß Mrs. Rubelle, welche so zur gelegenen Zeit gefunden worden, um in Blackwater Park die Krankenwärterin zu spielen, aller Wahrscheinlichkeit nach auch eine von diesen Personen war.

Nach der Voraussetzung, daß diese meine Vermuthung auf Wahrheit begründet war, durfte des Grafen Stellung nicht so unangreifbar sein, wie ich mich bisher zu hoffen gescheut. An wen konnte ich mich wenden, um etwas mehr über den Mann zu erfahren, als ich bis jetzt wußte?

In dieser Schwierigkeit fiel mir natürlich ein, daß ein Landsmann, auf den ich mich würde verlassen können, die geeignetste Person sein dürfte, um mir zu helfen. Der erste Mann, an den ich unter diesen Umständen dachte, war zugleich der einzige Italiener, mit dem ich gut befreundet war – mein drolliger kleiner Freund, Professor Pesca.

Der Professor ist in diesen Blättern so lange vom Schauplatze abgetreten, daß er Gefahr gelaufen, ganz und gar vergessen zu sein.

Es ist das nothwendige Gesetz einer Erzählung wie diese, daß die darin auftretenden Personen nur dann erscheinen, wenn der Gang der Ereignisse sie aufnimmt – sie kommen und gehen, nicht nach der Gunst meiner persönlichen Vorliebe, sondern nach dem Rechte ihrer unmittelbaren Verbindung mit den zu erzählenden Ereignissen. Aus diesem Grunde blieb nicht bloß Pesca, sondern auch meine Mutter und meine Schwester weit im Hintergrunde der Erzählung zurück. Meine Besuche nach der Villa in Hampstead, meiner Mutter Ueberzeugung von Lauras Tode, meine Bemühungen, sie und meine Schwester vom Gegentheile zu überzeugen, was mir bei ihrer eifersüchtigen Liebe zu mir nicht gelingen wollte; die peinliche Notwendigkeit, in Folge dieses ihres Vorurtheils sie über meine Vermählung in Unwissenheit zu lassen – alle diese kleinen Familienverhältnisse sind unberichtet geblieben, weil sie nicht zum Hauptinteresse der Geschichte gehörten.

Aus demselben Grunde habe ich hier nichts von dem Troste gesagt, den ich in Pesca's brüderlicher Zuneigung zu mir fand, als ich ihn nach meiner plötzlichen Rückkehr aus Limmeridge House wiedersah. Ich habe nichts von der treuen Anhänglichkeit gesagt, mit der mein warmherziger kleiner Freund mir nach dem Einschiffungsplatze folgte, als ich nach Centralamerika absegelte, noch von dem frohen Jubel, mit dem er mich begrüßte, als wir uns das nächste Mal in London wiedersahen. Hätte ich mich berechtigt gefühlt, die Dienstesanerbietungen anzunehmen, die er mir bei meiner Heimkehr machte, so würde er längst wieder in diesen Blättern erschienen sein. Aber, obgleich ich wußte, daß ich mich auf seine Ehre und seinen Muth verlassen durfte, war ich doch nicht ebenso fest überzeugt, daß ich seiner Vorsicht vertrauen dürfe, und nur aus diesem Grunde setzte ich meine Nachforschungen allein fort.

Ehe ich Pesca zu meinem Beistande herbeiholte, war es nothwendig, daß ich mich selbst davon überzeugte, mit welch einer Art von Manne ich zu thun habe. Bis zu diesem Augenblicke hatte ich den Grafen Fosco noch nicht ein einziges Mal gesehen.

Drei Tage nach unserer Rückkehr nach London machte ich mich morgens zwischen zehn und elf Uhr allein auf den Weg nach Forest Road, St. John's Wood. Es war ein schöner Tag, und ich hielt es für wahrscheinlich, daß der Graf sich durch das schöne Wetter herauslocken lassen würde. Ich hatte keinen besonderen Grund zu befürchten, daß er mich bei Tage erkennen würde, denn das einzige Mal, daß er mich gesehen, war an jenem Abende gewesen, wo er mir von der Eisenbahn in der Entfernung nach Hause gefolgt war.

Es ließ sich Niemand an den vorderen Fenstern des Hauses sehen. Ich ging in eine kleine Nebenstraße hinein, die an der Seite des Hauses hinunter lief und schaute über die niedrige Gartenmauer. Eins der Fenster in einer hinteren Parterrestube stand offen und über die Oeffnung hin war ein Netz gezogen. Ich sah niemanden; aber ich hörte im Zimmer erst das laute Zwitschern und Singen der Vögel und dann die tiefe, durchdringende Stimme, mit der Mariannens Beschreibung mich vertraut gemacht. »Kommt heraus auf meine Finger, meine Piep – Piep – Piepvögelchen!« rief die Stimme. »Kommt heraus! Hüpf' hinauf! Eins – zwei – drei – und oben. Drei – zwei – eins – und wieder unten! Eins – zwei – drei – zirp – zirp – zirp ziiiirp!« Der Graf exercirte seine Kanarienvögel, wie er sie zu Mariannens Zeit in Blackwater Park zu exerciren pflegte.

Ich wartete eine kleine Weile, bis das Singen und Zirpen aufhörte. »Kommt und küßt mich!« sagte die tiefe Stimme. Ich hörte ein erwiderndes Zwitschern und Zirpen – ein leises, sanftes Lachen – dann trat eine Stille von einer oder zwei Minuten ein – und darauf wurde die Hausthür geöffnet. Ich wandte mich um und ging zurück. Die erhabene Melodie des Gebetes in Rossini's »Moses«, von einer wohlklingenden Baßstimme gesungen, erhob sich großartig in der Stille der Vorstadt. Das Pförtchen des Vordergartens öffnete und schloß sich. Der Graf war herausgekommen.

Er ging über den Weg hinüber und nach der westlichen Grenze des Regent's Park zu. Ich blieb auf meiner Seite der Straße ein wenig hinter ihm zurück und nahm dieselbe Richtung.

Marianne hatte mich auf seine hohe Gestalt, seine ungeheure Corpulenz und seine auffallenden Trauerkleider vorbereitet – nicht aber auf des Mannes Frische, Munterkeit und Lebenskraft. Er trug seine sechzig Jahre, als ob es keine vierzig gewesen wären. Er schlenderte dahin, den Hut ein wenig auf der einen Seite tragend, mit einem leichten, munteren Schritte, indem er seinen großen Stock schwang, vor sich hin summte und von Zeit zu Zeit mit süperber Herablassung an den Häusern und Gärten zu beiden Seiten hinauf und hinab blickte. Er sah sich nicht ein einziges Mal um; er nahm anscheinend keine Notiz von mir, noch von sonst Jemandem, der an ihm an seiner Seite der Straße vorbeiging – ausgenommen hin und wieder, wenn er mit einer Art leichter, väterlicher, guter Laune die Kindermädchen und Kinder anlächelte, die ihm begegneten. Auf diese Weise führte er mich immer weiter, bis wir an eine Colonie von Kaufläden außerhalb der westlichen Terrassen des Parkes kamen.

Hier trat er in einen Pastetenbäckerladen und kam augenblicklich mit einem kleinen Fruchttörtchen in der Hand wieder heraus. Ein italienischer Knabe mit einer Drehorgel, auf welcher sich ein jämmerlicher, verschrumpfter Affe befand, spielte vor dem Laden. Der Graf stand still, biß ein Stück für sich selbst aus dem Törtchen und überreichte das Uebrige mit ernster Miene dem Affen. »Mein armer kleiner Bursch!« sagte er mit grotesker Zärtlichkeit; »du siehst hungrig aus. Im heiligen Namen der Menschheit überreiche ich dir etwas Frühstück!« Der Orgelspieler Wagte eine jammervolle Bitte um einen Penny an den wohlthätigen Fremden. Der Graf zuckte verächtlich die Achseln – und ging weiter.

Wir kamen zu der besseren Classe von Kaufläden zwischen dem New Road und der Oxford-Straße. Der Graf unterbrach seinen Weg abermals und trat in einen kleinen Optikerladen, der eine Anzeige im Fenster hatte, daß drinnen Ausbesserungen auf das Sorgfältigste ausgeführt würden. Er kam wieder heraus und hatte ein Opernglas in der Hand; dann ging er ein paar Schritte weiter und stand wiederum still, um einen vor einem Notenladen stehenden Opernzettel zu lesen. Er that dies aufmerksam, überlegte einen Augenblick und rief dann ein leeres Cabriolet an, das vorbeifuhr. »Zum Billetverkauf der Opern,« sagte er zu dem Kutscher und fuhr davon.

Ich ging hinüber und sah meinerseits den Opernzettel an. Die angekündigte Oper war »Lucrezia Borgia« und die Vorstellung sollte an demselben Abend stattfinden. Das Opernglas in der Hand des Grafen, sein sorgfältiges Lesen des Zettels und sein Befehl an den Cabrioletkutscher – ließen mich mit Wahrscheinlichkeit annehmen, daß er ein Zuhörer der Vorstellung zu sein beabsichtigte. Ich hatte Gelegenheit, indem ich mich an einen der Decorationsmaler des Theaters, mit dem ich in früheren Zeiten bekannt gewesen, wandte, für mich und meinen Freund Billetts für's Parterre zu erhalten. Es war wenigstens eine Aussicht vorhanden, daß der Graf mir und meinem Gefährten leicht unter den Zuschauern sichtbar sein würde und in diesem Falle hatte ich ein Mittel, noch an diesem Abend zu erfahren, ob Pesca seinen Landsmann kenne oder nicht.

Dieser Gedanke entschied sofort über die Art und Weise, in der ich meinen Abend hinbringen würde. Ich verschaffte mir die Billetts und gab auf meinem, Heimwege ein paar Worte an den Professor in seiner Wohnung ab. Ein Viertel vor acht Uhr kehrte ich zurück, um ihn mit mir in die Oper zu nehmen. Mein kleiner Freund war in einem Zustande der unbeschreiblichsten Aufregung, mit einer festlichen Blume im Knopfloch und dem größten Opernglase unter dem Arme, das ich je gesehen.

»Bist du fertig?« frug ich.

»Richtig-Alles-richtig,« sagte Pesca.

Wir machten uns auf den Weg nach dem Theater.

XVI.

Die letzten noten der Ouvertüre wurden gespielt und die Plätze im Parterre waren alle gefüllt, als Pesca und ich anlangten.

Doch blieb noch reichlich Raum für uns in dem Stehplatze, der sich um das Parterre zog – genau der Ort, der für den Zweck, der mich in die Vorstellung führte, am geeignetsten war. Ich ging zuerst an die Barrière, welche uns von dem Sperrsitz trennte und sah mich hier nach dem Grafen um. Er war nicht dort. Als ich zurück und im Stehplatze entlang ging, erblickte ich ihn im Parterre. Er hatte einen vortrefflichen Platz, nur drei Reihen hinter den Sperrsitzen, Ich stellte mich genau in gerader Linie mit ihm auf, und Pesca stand an meiner Seite. Der Professor wußte noch nichts von dem Zwecke, um dessentwillen ich ihn in das Theater gebracht, und war etwas erstaunt darüber, daß wir nicht näher zur Bühne herangingen.

Der Vorhang ging in die Höhe, und die Oper begann.

Während des ganzen ersten Aufzuges blieben wir an unserem Platze; der Graf war so sehr in die Musik und die Aufführung vertieft, daß er auch nicht einen zufälligen Blick in unsere Richtung warf. Da saß er, hoch über seine Nachbarn emporragend, indem er von Zeit zu Zeit beifällig mit seinem großen Kopfe nickte, wenn die Leute neben ihm beim Schlusse irgend einer Arie applaudirten (worauf ein englisches Publicum stets versessen ist), ohne im Geringsten auf die unmittelbar sich anschließende Musik des Orchesters Rücksicht zu nehmen, schaute er sich mit einer Miene mitleidiger Gegenvorstellung nach ihnen um und hielt eine Hand mit einer Bewegung wie höflicher Bitte in die Hohe. Bei den feineren Gesangstellen und den zarteren Musikphasen, welche von Anderen nicht applaudirt wurden, schlugen seine dicken Hände, die mit makellos sitzenden schwarzen Handschuhen bekleidet waren, sanft zum Zeichen der sein gebildeten Schätzung eines musikalischen Mannes ineinander. Bei solchen Gelegenheiten summte sein sanfter Beifall: »Bravo! Bra–v–o!« wie das Schnurren einer großen Katze durch die Stille. Seine unmittelbaren Nachbarn begannen, seinem Beispiele zu folgen. Mancher Ausbruch des Beifalls ging an diesem Abend im Parterre von dem sanften Zusammenschlagen der schwarz behandschuhten Hände aus. Er schaute in heiterer Zufriedenheit mit sich selbst und seinen Nebenmenschen um sich. »Ja! ja! diese barbarischen Engländer lernen etwas von *mir*. Hier, dort, überall bin ich – Fosco – ein Einfluß, den man fühlt, ein *Mann*, der über Alle erhaben steht!« Falls je ein Gesicht gesprochen hat, so sprach das seinige, und jenes waren seine Worte.

Der Vorhang fiel nach dem ersten Acte, und das Publicum stand auf, um sich umzuschauen. Dies war der Zeitpunkt, auf den ich gewartet hatte – der Augenblick, wo ich sehen wollte, ob Pesca ihn kenne.

Er erhob sich mit den Uebrigen und schweifte großartig mit seinem Opernglase über die Inhaber der Logen hin. Zuerst hatte er den Rücken uns zugewandt, bald aber drehte er sich herum und betrachtete die Logen über uns, wobei er für ein paar Minuten sich seines Glases bediente – dann nahm er es hinweg, fuhr jedoch fort, hinaufzublicken. Dies war der Augenblick, den ich wählte, Pesca's Aufmerksamkeit auf ihn zu lenken, da jetzt sein ganzes Gesicht voll nach uns gewendet war.

»Kennst du den Mann da?« frug ich.

»Welchen Mann, lieber Freund?«

»Den großen, corpulenten Mann, der dort mit dem Gesicht uns zugewandt steht.«

Pesca erhob sich auf seine Fußspitzen und sah sich den Grafen an.

»Nein,« sagte er. »Der dicke Mann ist mir unbekannt. Warum zeigst du ihn mir?«

»Weil ich besondere Gründe habe zu wünschen, etwas über ihn zu erfahren. Er ist ein Landsmann von dir und heißt Graf Fosco. Kennst du den Namen?«

»Nicht im Geringsten, Walter. Der Name sowohl, wie der Mann ist mir fremd.«

»Bist du ganz sicher, daß du ihn nicht kennst? Sich ihn noch einmal an – recht aufmerksam. Ich will dir, wenn wir das Theater verlassen, sagen, weshalb mir so sehr daran liegt, warte! Laß mich dir hier hinauf helfen, damit du ihn besser siehst.«

Ich half dem kleinen Mann auf die Kante der Plattform steigen, auf der sich die Parterresitze befinden. Hier war ihm seine kurze Gestalt kein Hindernis: er konnte über die Köpfe der Damen hinwegsehen, die am äußeren Ende der Bank saßen.

Ein schlanker, blondhaariger Mann, den ich bisher nicht bemerkt hatte – ein Mann mit einer Narbe auf seiner linken Wange – schaute Pesca aufmerksam an, als ich ihn auf die Plattform stellte und dann der Richtung von Pesca's Augen folgend, blickte er den Grafen noch aufmerksamer an. Vielleicht hatte er unsere Unterhaltung gehört und dieselbe hatte, wie ich mir vorstellte, seine Neugierde erregt.

Unterdessen heftete Pesca seine Blicke aufmerksam auf das große, lächelnde Gesicht, das ihm gerade gegenüber ein wenig aufwärts gekehrt war.

»Nein,« sagte er, »ich habe diesen großen, dicken Mann in meinem ganzen Leben noch nie erblickt.«

Während er sprach, blickte der Graf herunter nach den Parterrelogen hinter uns zu.

Die Blicke der beiden Italiener begegneten sich.

Im Augenblicke vorher war ich nach Pesca's wiederholter Versicherung überzeugt gewesen, daß er ihn nicht kannte. Im Augenblicke nachher war ich ebenso fest überzeugt, daß der Graf Pesca kannte!

Ihn kannte und – was noch seltsamer war – ihn zugleich *fürchtete*! Die Veränderung, die mit dem Gesichte des Schurken vorging, war nicht zu verkennen. Die bleierne Blässe, die sich in einer Secunde über sein gelbes Antlitz zog, das plötzliche Erstarren all seiner Züge, das verstohlene Forschen seiner kalten, grauen Augen, die stille Unbeweglichkeit seines ganzen Körpers – alles dies sprach deutlich genug. Eine tödliche Furcht hatte ihn an Leib und Seele ergriffen – und sein Erkennen Pesca's war die Ursache derselben!

Der schlanke Mann mit der Narbe auf der Wange stand noch immer neben uns. Er hatte anscheinend seinen Schluß aus der Wirkung gezogen, die Pesca's Anblick auf den Grafen gemacht, wie ich den meinigen. Er war ein stiller, gentlemännisch aussehender Mann, dem Anscheine nach ein Ausländer, und sein Interesse an unserem Verfahren drückte sich durchaus nicht auf beleidigende Weise aus.

Was mich selbst betrifft, so war ich so erstaunt über die Veränderung in des Grafen Gesicht und über die so ganz unerwartete Wendung der Ereignisse, daß ich nicht wußte, was ich zunächst thun oder sagen sollte. Pesca rief mich zu mir selbst zurück, indem er an seinen früheren Platz an meiner Seite wieder zurücktrat und zuerst wieder sprach.

»Wie der dicke Mann glotzt!« rief er aus. »Glotzt er mich an? Wie kann er mich kennen, wenn ich ihn nicht kenne?«

Ich heftete meine Augen noch immer fest auf den Grafen. Ich sah, wie er sich zum ersten Male wieder bewegte, als Pesca herabstieg, und so wandte, daß er den kleinen Mann an seinem niedrigeren Platze nicht aus dem Gesichte verlor. Ich war neugierig zu sehen, was sich ereignen würde, wenn sich Pesca's Aufmerksamkeit von ihm abzöge, und frug deshalb Pesca, ob er unter den anwesenden Damen in den Logen einige seiner Schülerinnen sehe. Pesca erhob augenblicklich sein großes Opernglas und schweifte langsam mit demselben über den oberen Theil des Theaters hin, indem er mit der größten Gewissenhaftigkeit nach Schülerinnen suchte.

Sowie er sich auf diese Weise beschäftigt zeigte, wandte der Graf sich um, ging an den Personen vorüber, die auf der entgegengesetzten Seite von dem Platze, an dem er stand, saßen, und verschwand in der Mittelpassage des Parterres. Ich faßte Pesca am Arm und zog ihn zu seinem unaussprechlichen Erstaunen mit mir nach dem Hintergrunde des Parterres herum, um den Grafen abzufassen, ehe er an die Thür würde gelangen können. Ziemlich zu meinem Erstaunen eilte der schlanke Mann uns voraus, indem er einem Aufenthalte aus dem Wege ging, der, dadurch verursacht wurde, daß einige Personen auf unserer Seite ihre Plätze verließen, wodurch Pesca und ich verhindert wurden, unseren schnellen Lauf fortzusetzen. Als wir in der Vorhalle anlangten, war der Graf verschwunden – und der Ausländer mit der Narbe ebenfalls.

»Komm' nach Hause,« sagte ich, »komm' nach Hause, Pesca, nach deiner Wohnung, Ich muß allein mit dir sprechen – und zwar sofort.«

»Güte du meine Güte!« rief der Professor in einem Zustande des beispiellosesten Erstaunens aus, »was in aller Welt ist los!«

Ich schritt schnell dahin, ohne zu antworten. Die Umstände, unter welchen der Graf das Theater verlassen, brachten mich auf den Gedanken, daß seine unbegreifliche Sorge, Pesca zu entwischen, ihn zu noch ferneren, äußersten Mitteln schreiten lassen möge. Er konnte, indem er London verließe, auch mir entwischen. Ich zweifelte an der Zukunft, falls ich ihm nur einen Tag der Freiheit ließe, um nach Gefallen zu handeln. Und ich zweifelte an dem Ausländer, der uns vorausgeeilt und den ich im Verdacht hatte, daß er ihm absichtlich hinausgefolgt war.

Unter diesem doppelten Argwohne brauchte ich nicht lange Zeit, um Pesca mit dem bekannt zu machen, was ich wollte. Sobald wir allein in seinem Zimmer waren, vermehrte ich seine Verwirrung und sein Erstaunen noch um das Hundertfache, indem ich ihm auseinandersetzte, welchen Zweck ich im Auge habe.

»Lieber Freund, was kann ich thun?« rief der Professor, indem er mir mit kläglicher Miene beide Hände entgegenstreckte. »Teufel-zum-Teufel! wie kann ich dir helfen, Walter, wenn ich den Mann nicht kenne?«

»Er kennt *dich* – er fürchtet dich – er hat das Theater verlassen, um dir zu entgehen. Pesca! es muß ein Grund dafür vorhanden sein. Schau in dem eigen Leben, ehe du nach England kamst, zurück. Du verließest Italien, wie du mir selbst gesagt hast, aus politischen Gründen. Du hast dieser Gründe niemals gegen mich Erwähnung gethan und ich frage auch jetzt nicht nach ihnen. Ich bitte dich nur, deine Erinnerungen zu wecken und zu sagen, ob dir dabei nicht eine Ursache einfällt, für das Entsetzen, das dein Anblick jenem Manne verursachte.«

Zu meinem unaussprechlichen Erstaunen brachten diese harmlosen Worte genau dieselbe Wirkung auf Pesca hervor, die Pesca's Anblick auf den Grafen gehabt hatte. Das rosige Gesicht meines kleinen Freundes wurde in einem Augenblicke kreideweiß, und er zog sich, am ganzen Leibe zitternd, langsam von mir zurück.

»Walter!« sagte er. »Du weißt nicht, was du verlangst.«

Er sprach flüsternd – und sah mich an, als ob ich ihm plötzlich eine uns Beiden drohende verborgene Gefahr gezeigt hätte. In weniger als einer Minute war er so verschieden von dem fröhlichen, lebhaften, drolligen Mann meiner früheren Erfahrung geworden, daß ich, falls er mir in diesem Zustande auf der Straße begegnet wäre, ihn sicher nicht erkannt hätte.

»Vergib, falls ich dich unabsichtlich erschreckt und dir Schmerz verursacht habe,« sagte ich. »Bedenke, welch bitteres Unrecht meine Frau vom Grafen Fosco erfahren hat. Bedenke, daß dies Unrecht niemals wieder gutgemacht werden kann, falls ich nicht die Mittel in meine Gewalt bekomme, ihn zu zwingen, ihr Gerechtigkeit widerfahren zu lassen. Ich sprach in *ihrem* Interesse, Pesca – ich bitte dich nochmals, mir zu vergeben – weiter kann ich nichts sagen.«

Ich stand auf, um zu gehen. Er hielt mich zurück, ehe ich bis zur Thür war.

»Warte,« sagte er. »Du hast mich vom Kopf bis zu den Füßen erschüttert. Du weißt nicht, wie und warum ich mein Vaterland verlassen. Laß mich Fassung gewinnen.«

Er schritt auf und ab und sprach unzusammenhängend in seiner eigenen Sprache zu sich selbst. Nachdem er einigemal auf und ab gegangen, kam er plötzlich zu mir heran und legte seine kleinen Hände mit einer seltsamen Innigkeit und Feierlichkeit auf meine Brust.

»Bei deinem Leben und deiner Seele, Walter,« sagte er, »gibt es keine andere Art und Weise, diesen Mann zu fassen, als den zufälligen Weg durch mich?«

»Keine andere,« entgegnete ich.

Er öffnete die Zimmerthür, blickte vorsichtig in den Corridor hinaus und schloß die Thür wieder.

»Du hast dir das Recht über mich gewonnen, Walter,« sagte er, »an dem Tage, wo du mir das Leben rettetest. Es gehörte von jenem Augenblicke an dir, falls es dir gefiele, es zu nehmen. Nimm es setzt. Ja! ich meine, was ich sage. Meine nächsten Worte werden, so wahr ein Gott über uns ist, mein Leben in deine Hände geben.«

Sein Zittern und der Ernst, mit dem er diese merkwürdigen Worte sagte, brachten in mir die Ueberzeugung hervor, daß er die Wahrheit sagte.

»Erinnere dich an dies!« fuhr er fort, indem er in der Heftigkeit seiner Aufregung seine Hand gegen mich schüttelte. »Ich halte in meinem eigenen Geiste keinen Faden zwischen jenem Manne, Fosco, und der Vergangenheit, die ich um deinetwillen mir zurückrufen will. Falls *du* den Faden findest, so behalte ihn für dich – sage nur nichts – auf meinen Knieen bitte und beschwöre ich dich, laß mich in Unkenntnis, laß mich in Blindheit über die ganze Zukunft, wie ich es jetzt bin!«

Er sprach noch ein paar hastige, unzusammenhängende Worte – und schwieg wieder.

Ich sah, daß die Anstrengung, sich bei einer Gelegenheit, die zu ernster Natur war, um ihm den Gebrauch der drolligen Ausdrücke und Wendungen seines gewöhnlichen Wörterverzeichnisses zu gestatten, auf Englisch auszudrücken, noch bedeutend die Schwierigkeit vergrößerte, die er überhaupt dabei fühlte, mit mir zu sprechen. Da ich in der ersten Zeit unseres vertrauten Umganges gelernt hatte, seine Sprache zu lesen und zu verstehen (wenngleich nicht zu sprechen), schlug ich ihm jetzt vor, sich seiner Muttersprache zu bedienen, während ich etwaige Fragen auf Englisch an ihn richten würde. Er ging hierauf ein. In seiner wohlklingenden Sprache – wobei seine heftige Bewegung sich in dem fortwährenden Arbeiten seiner Züge, in der Wildheit und Hast seiner Geberden, nie aber in lauteren Tönen verriet – hörte ich jetzt die Worte, welche mich für den letzten Kampf waffneten, der mir in diesen Blättern zu berichten übrig bleibt.

»Du weißt nichts von meinen Beweggründen, um derentwillen ich Italien verließ,« begann er, »ausgenommen, daß sie politischer Art waren. Wären es Verfolgungen von Seiten meiner Regierung gewesen, die mich nach diesem Lande trieben, so würde ich diese Gründe weder dir noch sonst Jemandem verschwiegen haben. Ich habe sie verschwiegen, weil keine Regierungsbehörde das Urtheil meiner Verbannung ausgesprochen hat. Du hast von den politischen Verbindungen gehört, Walter, welche sich in jeder großen Stadt des Festlandes von Europa verstecken? Zu einer dieser Gesellschaften gehörte ich in Italien – und gehöre ich noch jetzt in England. Als ich nach diesem Lande kam, geschah es auf Befehl meines Vorgesetzten. Ich war in meiner Jugend zu diensteifrig und lief Gefahr, mich und Andere dadurch zu compromittiren. Aus diesem Grunde erhielt ich Befehl, nach England auszuwandern und zu warten. Ich wanderte aus – ich habe gewartet – ich warte noch jetzt. Morgen schon kann ich fortgerufen werden. Doch ist es mir einerlei – ich bin hier, ernähre mich durch Unterricht und kann warten. Ich breche keinen Eid (du sollst sogleich hören, warum), indem ich meine Mittheilung durch Nennung des Namens der Gesellschaft, zu der ich gehöre, vollständig mache. Alles, was ich thue, ist, daß ich mein Leben in deine Hände gebe. Falls je ein Mensch erfährt, daß das, was ich dir jetzt sagen werde, über meine Lippen gekommen ist, bin ich des Todes.«

Er flüsterte mir die nächsten Worte in's Ohr. Ich bewahre das Geheimnis, welches er mir auf diese Weise mittheilte. Der Bund, zu welchem er gehörte, wird für den Zweck dieser Erzählung hinlänglich individualisirt sein, wenn ich ihn bei den wenigen Gelegenheiten, in welchen es nothwendig sein wird, seiner zu erwähnen,» *die Verbindung*« nenne.

»Der Zweck der *Verbindung*,« fuhr Pesca fort, »ist ganz einfach derselbe, den andere Gesellschaften dieser Art im Auge haben – der Sturz der Tyrannei und die Behauptung der Rechte des Volkes. Die Grundsätze dieser › *Verbindung*‹ sind zweierlei Art. Solange eines Mannes Leben nützlich oder auch nur harmlos ist, hat er das Recht, dasselbe zu genießen. Sobald aber sein Leben dem Wohlergehen seiner Mitmenschen entgegentritt, hat er dieses Leben verwirkt und es ist nicht allein kein Verbrechen, sondern ein positives Verdienst, ihn desselben zu berauben. Es liegt mir nicht ob, zu sagen, in welchen furchtbaren Verhältnissen des Druckes und der Tyrannei diese Gesellschaft ihren Ursprung hatte.

»Bis hieher erscheint dir die Gesellschaft wie jede andere Gesellschaft. Ihr Zweck ist (eurer englischen Ansicht nach) Anarchie und Revolution. Sie nimmt das Leben eines schlechten Fürsten oder eines schlechten Ministers, als ob der eine und der andere gefährliche, wilde Thiere wären, die bei der ersten Gelegenheit erschossen werden müßten. Ich gebe dies zu. Aber die Gesetze der › *Verbin-*

dung‹ sind von allen anderen Gesellschaften der Welt verschieden. Die Mitglieder sind einander nicht bekannt. Es ist ein Präsident in Italien und es sind Präsidenten im Auslande. Jeder derselben hat seinen Secretär. Die Präsidenten und Secretäre kennen die Mitglieder; aber die Mitglieder unter sich sind einander alle fremd, bis ihr Vorgesetzter es für nöthig erachtet, sie miteinander bekannt zu machen. Unter solchem Schutze bedarf es keines Eides bei der Aufnahme, wir sind mit der ›Verbindung‹ durch ein geheimes Zeichen identificirt, das wir alle bis ans Ende unseres Lebens tragen, wir haben Befehl, unseren gewöhnlichen Geschäften nachzugehen und uns viermal des Jahres für den Fall, daß man unserer Dienste bedürfte, bei dem Präsidenten oder dem Secretär zu melden, wir sind gewarnt, daß, falls wir die › *Verbindung*‹ verrathen oder ihr schaden, wir nach den Gesetzen der › *Verbindung*‹ sterben müssen – durch die Hand eines Fremden, der vielleicht vom anderen Ende der Welt herkommt, um den Schlag zu führen, oder durch die Hand unseres eigenen Herzensfreundes, der uns unbekannt während all der langen Jahre unseres vertrauten Umganges ein Mitglied gewesen sein mag. Zuweilen wird der Tod verschoben, zuweilen aber folgt er dem Verrathe auf dem Fuße nach. Unsere erste Sache ist, zu warten zu verstehen – die zweite, zu gehorchen, wenn der Befehl kommt. Einige von uns mögen ihr Leben lang warten und nicht gebraucht werden. Andere wieder mögen vielleicht schon am Tage ihrer Aufnahme zum Werke oder zur Vorbereitung zum Werke gerufen werden. Ich selbst – der leichte, fröhliche kleine Mann, den du kennst und der aus freiem Antriebe kaum mit einem Taschentuche die Fliege von seinem Gesichte verjagen mag – ich trat in meiner Jugend unter so furchtbarer Aufreizung, wie ich sie dir nicht beschreiben will, durch einen Impuls in die › *Verbindung*‹ ein, wie ich mich durch Impuls hätte tödten mögen. Jetzt muß ich in ihr verbleiben – sie hält mich bis zu meinem Tode gefaßt, wie ich auch immer jetzt in meinen verbesserten Umständen und meiner ruhigeren Männlichkeit über sie denken mag. Als ich noch in Italien war, wurde ich zum Secretär erwählt, und alle Mitglieder jener Zeit, die angesichts des Präsidenten gebracht wurden, wurden auch *mir* vorgestellt.«

Ich fing an, ihn zu verstehen; ich sah das Ende seiner außerordentlichen Mittheilung. Er schwieg einen Augenblick, mich aufmerksam beobachtend – bis er offenbar errathen, was in mir vorging.

»Du hast bereits deinen Schluß gezogen,« sagte er. »Ich *lese* es in deinem Gesichte. Sage mir nichts. Behalte das Geheimnis deiner Gedanken für dich. Laß mich dies eine letzte Opfer meiner selbst für dich machen – und dann von diesem Gegenstande auf immer schweigen.«

Er stand auf – zog seinen Rock aus – und krämpte den linken Aermel seines Hemdes um.

»Ich versprach dir, daß diese Mittheilung eine vollständige sein solle,« flüsterte er dicht an meinem Ohre, während er mit den Augen aufmerksam die Thür bewachte. »Ich habe gesagt, daß die › *Verbindung*‹ ihre Mitglieder durch ein Zeichen identificirt, welches mit ihnen in das Grab geht. Sieh' her, dies ist die Stelle und dies das Zeichen.«

Er erhob seinen entblößten Arm und zeigte mir hoch im Oberarme und auf der Innenseite eine Brandmarke, die tief in's Fleisch gebrannt und von heller Blutfarbe war. Ich enthalte mich, die Devise dieser Brandmarke zu beschreiben. Genüge es zu sagen, daß dieselbe in runder Form und so klein war, daß eine Schillinamünze sie vollkommen bedeckt hätte.

»Ein Mann, der dieses Zeichen auf dieser Stelle eingebrannt trägt,« sagte er, seinen Arm wieder bedeckend, »ist ein Mitglied der › *Verbindung*‹. Ein Mann, welcher der › *Verbindung*‹ falsch geworden, wird früher oder später von den Präsidenten oder Secretären entdeckt werden, welche ihn kennen. Und ein Mann, der von den Vorgesetzten als Verräther entdeckt worden, ist todt. Kein menschliches Gesetz kann ihn schützen. Bedenke, was du gesehen und gehört hast; ziehe deine Schlüsse und handle wie du willst. Aber um Gotteswillen, was du auch entdecken mögest, was du auch thuest, sage mir nichts! Laß mich von einer Verantwortlichkeit frei bleiben, an die zu denken mich schaudern macht – und die, wie ich in meinem Gewissen überzeugt bin, jetzt noch nicht meine Verantwortlichkeit ist. Zum letzten Male sage ich es – bei meiner Ehre als Gentleman, bei meinem Eide als Christ, falls der Mann, den du mir in der Oper bezeichnetest, *mich* kennt, so ist er so verändert oder so verstellt, daß ich *ihn* nicht kenne. Ich weiß nichts von seinen Handlungen oder Absichten in England – ich habe ihn nie gesehen –habe nie, soviel ich weiß, vor heute Abend seinen Namen gehört. Ich sage weiter nichts, verlasse mich eine Weile, Walter; ich fühle mich überwältigt durch das, was sich zugetragen hat, erschüttert durch das, was ich dir mitgetheilt habe. Laß mich versuchen, wieder der Alte zu werden, ehe wir wieder zusammenkommen.«

Er sank auf einen Stuhl, und sich von mir abwendend, barg er sein Gesicht in seinen Händen. Ich öffnete leise die Thür, um ihn nicht zu stören – und sprach ein paar Abschiedsworte mit leiser Stimme.

»Ich will die Erinnerung an heute Abend in der tiefsten Tiefe meines Herzens bewahren,« sagte ich. »Du sollst niemals bereuen, mir dein Vertrauen geschenkt zu haben. Darf ich morgen zu dir kommen?«

»Ja, Walter,« entgegnete er, mich liebevoll anblickend und wieder englisch sprechend, wie wenn es jetzt sein größter Wunsch sei, zu unseren früheren Beziehungen zu einander zurückzukehren. »Komm' zu meinem kleinen Frühstück, ehe ich zu meinen Schülern gehe.«

»Gute Nacht, Pesca.«

»Gute Nacht, lieber Freund.«

XVII.

Meine erste Ueberzeugung, als ich mich in der Straße befand, war die, daß mir nichts weiter übrig bleibe, als nach den Mittheilungen zu handeln, die mir gemacht worden – mich des Grafen noch in dieser Nacht zu versichern, oder mich der Gefahr auszusetzen, falls ich bis zum Morgen wartete, Lauras letzte Hoffnung zu verlieren. Ich blickte auf meine Uhr. Es war zehn Uhr.

Ich hatte auch nicht den Schatten eines Zweifels in Bezug auf des Grafen Absicht, als er das Theater verlassen. Sein Entwischen aus der Oper war sicher nur die Einleitung seines Entweichens aus London. Das Zeichen der » Verbindung« war auf seinem Arme, davon war ich so fest überzeugt, als wenn er mir das Brandmal gezeigt hätte – und der Verrath der » Verbindung« lag auf seinem Gewissen, ich hatte ihn in seinem Erkennen Pesca's gelesen.

Es war leicht zu verstehen, warum dieses Erkennen nicht ein gegenseitiges gewesen. Ein Mann vom Charakter des Grafen würde nie die fürchterlichen Folgen, Spion zu werden, riskiren, ohne für seine persönliche Sicherheit ebensowohl zu sorgen, wie für seine goldene Belohnung. Das rasirte Gesicht mochte zu Pesca's Zeit mit einem großen Barte bedeckt gewesen sein; sein dunkelbraunes Haar war vielleicht eine Perrüke, sein Name offenbar ein falscher. Der Zufall der Zeit mochte ihm auch geholfen haben – seine ungeheure Corpulenz war vielleicht erst in späteren Jahren gekommen. Es war jeder Grund vorhanden, daß Pesca ihn nicht wieder erkannte – und ebenfalls jeder Grund, daß er Pesca erkannte, dessen eigenthümliche kleine Persönlichkeit ihn zu einer auffallenden Erscheinung machte.

Ich habe gesagt, daß ich überzeugt war, des Grafen Absicht, indem er uns im Theater entwischte, zu kennen, wie konnte ich darüber im Zweifel sein, wenn ich mit meinen eigenen Augen sah, daß er sich ungeachtet der Veränderungen in seinem Aeußern von Pesca erkannt und deshalb in Gefahr glaubte? Falls ich ihn diese Nacht sprechen und ihm zeigen konnte, daß auch ich die tödliche Gefahr kannte, in der er schwebte, was würde der Erfolg davon sein? Ganz einfach dieser: Einer von uns Beiden mußte unfehlbar in der Gewalt des Anderen sein.

Ich war es mir schuldig, die Chancen gegen mich wohl zu erwägen, und ich war es meiner Frau schuldig, alles Mögliche zu thun, um die Gefahr zu verringern.

Die Chancen gegen mich liefen alle in einer einzigen zusammen. Sobald der Graf durch mein eigenes Bekennen erfuhr, daß der gerade Weg zu seiner Sicherheit über mich als Leiche ging, so war er wahrscheinlich der letzte Mann von der Welt, der zaudern würde, diesen Weg einzuschlagen, wenn er mich allein in seiner Gewalt hatte. Die einzigen Vertheidigungsmittel gegen ihn, von denen ich hoffen durfte, daß sie die Gefahr verringern würden, stellten sich nach etwas sorgfältiger Ueberlegung deutlich genug heraus. Bevor ich mein persönliches Bekenntnis der Entdeckung in seiner Gegenwart machte, mußte ich die Entdeckung selbst so placiren, daß sie zu augenblicklichem Gebrauche gegen ihn bereit und gegen jeden Versuch von seiner Seite, dieselbe unwirksam zu machen, gesichert war. Falls, ich die Mine unter seinen Füßen grub, ehe ich mich ihm näherte und einer dritten Person Weisung gab, sie nach Verlauf eines gewissen Zeitraumes anzuzünden, wenn nicht vorher entgegengesetzter Befehl von mir einginge – so mußte des Grafen Sicherheit durchaus von der meinigen abhängen und ich durfte dann selbst in seinem eigenen Hause ihm überlegen sein.

Dieser Gedanke kam mir, als ich dicht vor der neuen Wohnung angelangt war, die wir bei unserer Rückkehr von dem Badeorte gemiethet hatten. Ich ließ mich, ohne Jemanden zu stören, mit Hilfe meines eigenen Schlüssels ein. Es stand ein Licht im Flur, und ich schlich leise mit demselben auf mein Arbeitszimmer, um meine Vorbereitungen zu treffen und mich absolut zu einer Unterredung mit dem Grafen zu verpflichten, ehe sowohl Marianne als Laura nur die leiseste Ahnung von dem haben konnten, was ich zu thun beabsichtigte.

Ein Brief an Pesca schien mir die sicherste Vorsichtsmaßregel, die ich jetzt treffen konnte. Ich schrieb ihm Folgendes:

»Der Mann, den ich Dir in der Oper bezeichnete, ist ein Mitglied der › Verbindung‹ und zugleich ein Verräther an derselben. Ueberzeuge Dich sofort von der Wahrheit dieser beiden Behauptungen. Du kennst den Namen, unter welchem er in England lebt. Seine Adresse ist Nummer 5, Forest Road, St. John's Wood. Bei der Liebe, die Du einst für mich gehegt, beschwöre ich Dich, die Macht, die Dir verliehen, ohne Erbarmen und ohne Verzug in Anwendung zu bringen. Ich habe Alles gewagt und Alles verloren und mit meinem Leben für mein Mißlingen bezahlt.«

Ich unterzeichnete und datirte diese Zeilen, that sie in ein Couvert und versiegelte dasselbe. Oben darauf schrieb ich Folgendes: »Lasse das Couvert bis morgen Früh um neun Uhr ungeöffnet, wenn Du vor dieser Zeit nichts von mir hörst oder siehst, so brich das Siegel mit dem Glockenschlage und lies den Inhalt.« Ich schrieb meine Anfangsbuchstaben darunter und that das Ganze in ein versiegeltes Couvert, welches ich an Pesca in seiner Wohnung adressirte.

Es blieb mir hiernach nichts weiter übrig, als den Brief augenblicklich an seine Bestimmung zu schaffen, worauf ich Alles gethan haben würde, was in meiner Macht lag. Falls mir in des Grafen Hause etwas zustieße, so hatte ich wenigstens dafür gesorgt, daß er es mit dem Leben büßen mußte.

Daß es in Pesca's Macht lag, des Grafen Entweichen zu verhindern, bezweifelte ich keinen Augenblick. Der außerordentliche Eifer, mit dem er seinen Wunsch ausgesprochen, über des Grafen Identität unaufgeklärt zu bleiben – oder mit anderen Worten, über Thatsachen hinlänglich im Unklaren zu bleiben, um sich in seinem eigenen Gewissen dafür gerechtfertigt zu fühlen, daß er passiv bliebe – verrieth deutlich, daß er Mittel zur Hand hatte, um die fürchterliche Gerechtigkeit der » *Verbindung*« walten zu lassen, obgleich es ihm, als einem von Natur humanen Manne, widerstrebte, dies in meiner Gegenwart zu sagen. Die tödliche Gewißheit, mit welcher die Rache fremder politischer Gesellschaften einen Verräther der Sache zu erreichen weiß, hatte selbst in meiner oberflächlichen Erfahrung zu viele Beispiele gegeben, um nur einen Zweifel zu gestatten. Ich erinnerte mich an Fälle, in Paris sowohl als in London, wo Ausländer erstochen in den Straßen gefunden worden, deren Mörder man niemals auf die Spur kam – an Leichname, die von Händen, welche nie entdeckt wurden, in die Themse und in die Seine geworfen waren – an Todesfälle durch geheime Gewaltthat, die man sich nur auf eine Weise erklären konnte. Ich glaube, ich hatte, falls die schreckliche Notwendigkeit eintrat, welche Pesca autorisirte, meinen Brief zu öffnen, Graf Fosco's Todesurtheil geschrieben.

Ich verließ mein Zimmer, um in's Erdgeschoß hinunter zu gehen und den Hauswirth zu bitten, mir einen Boten zu besorgen. Sein Sohn, ein flinker Bursche, war der Bote, den er mir vorschlug, als er hörte, was ich brauchte, wir ließen den Knaben heraufkommen und gaben ihm unsere Weisungen. Er sollte einen Fiaker nehmen, um den Brief hinzubringen – den letzteren in Pesca's eigene Hände geben und mir von ihm eine Zeile zurückbringen, die mich überzeugte, daß er mein Schreiben richtig erhalten; dann sollte er in dem Fiaker zurückkommen und denselben für meinen Gebrauch warten lassen. Es war jetzt beinahe halb elf Uhr. Ich berechnete, daß der Knabe in zwanzig Minuten würde zurück und ich dann in noch zwanzig Minuten in St. John's Wood angelangt sein können.

Als der Bursche fort war, kehrte ich in mein Arbeitszimmer zurück, um gewisse Papiere zu ordnen, so daß man sie leicht finden möchte, in dem Falle, daß sich das Schlimmste ereignete. Den Schlüssel des altmodischen Schreibtisches, in welchem ich die Papiere aufbewahrte, versiegelte ich, schrieb Mariannens Namen auf das kleine Paket und legte es auf meinen Arbeitstisch. Darauf ging ich in's gemeinschaftliche Wohnzimmer hinab, wo ich Laura und Marianne, meiner Heimkehr von der Oper harrend, zu finden erwartete. Ich fühlte meine Hand zum ersten Male erzittern, als ich sie auf die Thürklinke legte.

Marianne war allein im Zimmer. Sie las und blickte erstaunt auf ihre Uhr, als ich eintrat.

»Wie früh du wieder da bist!« sagte sie, »du mußt fortgegangen sein, ehe die Oper aus war.«

»Ja,« sagte ich, »weder Pesca noch ich blieben bis zu Ende. Wo ist Laura?«

»Sie hatte eine ihrer bösen Migränen heute Abend, und ich rieth ihr, sich lieber gleich nach dem Thee zu Bette zu legen.«

Ich verließ das Zimmer wieder unter dem Vorwande, nachzusehen, ob Laura schliefe. Mariannens scharfe Augen begannen sich prüfend auf mein Gesicht zu heften. Ihr scharfer Instinct fing an wahrzunehmen, daß etwas auf meinem Gemüth lastete.

Als ich in's Schlafzimmer trat und mich leise im matten Schimmer der Nachtlampe dem Bette näherte, sah ich, daß meine Frau schlief. Wir waren noch nicht ganz einen Monat verheiratet. Falls mein Herz schwer wurde, falls mein Entschluß abermals auf einen Augenblick wankte, als ich ihr liebes Antlitz betrachtete, das sich im Schlafe so treu meinem Kissen zuwandte – als ich ihre Hand offen auf der Decke liegen sah, wie sie von der meinigen gefaßt zu werden erwartete – gab es da nicht einige Entschuldigung für mich? Ich gestattete mir nur ein paar Minuten, um an dem Bette niederzuknieen und sie ganz nahe zu betrachten – so nahe, daß ihr Athem mein Gesicht streifte. Ich berührte zum Abschiede bloß ihre Stirn mit meinen Lippen. Sie bewegte sich im Schlafe und murmelte meinen Namen, doch ohne zu erwachen. Ich zögerte einen Augenblick an der Thür, um sie noch einmal anzuschauen. »Gott segne dich und behüte dich, mein treues Herz!« flüsterte ich und verließ sie dann.

Marianne stand an der Treppe und wartete auf mich.

Sie hielt einen zusammengelegten Papierstreifen in der Hand.

»Des Hauswirths Sohn hat dies für dich gebracht,« sagte sie. »Ein Fiaker ist vor der Thür, er sagt, du hast ihm befohlen, denselben auf dich warten zu lassen.«

»Ganz recht, Marianne. Ich brauche den Fiaker. Ich muß noch einmal fort.«

Ich ging die Treppe hinab und trat in die Wohnstube, um den Streifen Papier zu lesen. Derselbe enthielt Folgendes in Pesca's Handschrift:

»Ich habe deinen Brief erhalten, wenn ich Dich vor der genannten Zeit nicht sehe, werde ich mit dem Glockenschlage das Siegel brechen.«

Ich legte das Papier in mein Taschenbuch und wandte mich zur Thür. Marianne trat mir an der Schwelle entgegen und schob mich in's Zimmer zurück, so daß das Licht der Lampe voll auf mein Gesicht fiel. Sie hielt meine beiden Hände fest und heftete ihre Augen prüfend auf die meinigen.

»Ich sehe es!« sagte sie mit leisem, schnellem Flüstern, »du willst heute Abend die letzte Chance versuchen.«

»Ja, die letzte und die beste,« gab ich flüsternd zurück.

»Nicht allein! O, Walter, um Gotteswillen nicht allein! Laß mich mit dir gehen. Verweigere es mir nicht, weil ich bloß ein Weib bin. Ich muß mitgehen! Ich will mitgehen! Ich will draußen im Fiaker warten!«

Jetzt mußte ich *sie* halten. Sie versuchte sich von mir loszumachen und zuerst hinunter zu eilen.

»Falls du mir helfen willst,« sagte ich, »so bleibe hier und schlafe heute Abend im Zimmer meiner Frau. Laß mich nur mit über Laura beruhigtem Gemüthe gehen und ich stehe für alles Uebrige. Komm', Marianne, küsse mich und zeige mir, daß du Muth hast zu warten, bis ich wiederkomme.«

Ich wagte nicht, ihr Zeit zu lassen, noch ein Wort weiter zu sagen. Sie versuchte nochmals, mich zu halten. Ich nahm ihre Hände auseinander und hatte das Zimmer in einer Minute verlassen. Ich sprang in den Fiaker. »Forest Road, St. John's Wood,« rief ich ihm durch das vordere Fenster zu. »Ich zahle doppelt, falls wir in einer Viertelstunde dort sind.«

»Ich will's machen, Sir.«

Ich sah auf meine Uhr. Elf Uhr – es war keine Minute mehr zu verlieren.

Die schnelle Bewegung des Fiakers, das Bewußtsein, daß jede Secunde mich dem Grafen näher brachte, die Ueberzeugung, daß ich mich endlich auf das gewagte Unternehmen eingelassen, versetzten mich dermaßen in Aufregung, daß ich dem Kutscher wiederholt zurief, schneller zu fahren. Als wir die Straßen verließen und in St. John's Wood Road einfuhren, war ich so vollkommen von meiner Ungeduld überwältigt, daß ich im Wagen aufstand und den Kopf aus dem Fenster steckte, um das Ziel der Reise zu sehen, ehe wir es erreichten. Gerade als eine Kirchenuhr in der Ferne ein Viertel nach elf Uhr schlug, bogen wir in Forest Road ein. Ich ließ den Kutscher in einiger Entfernung von des Grafen Hause halten – bezahlte und entließ ihn – und ging dann zu Fuße an die Thür.

Als ich mich dem Gartenpförtchen näherte, sah ich Jemanden von der entgegengesetzten Seite her ebenfalls zu demselben herankommen, wir trafen unter der Gaslampe der Straße zusammen und sahen einander an. Ich erkannte augenblicklich den blonden Ausländer mit der Narbe im Gesichte und es schien mir, er erkannte mich. Er sagte nichts und anstatt in's Haus zu gehen, setzte er seinen Weg fort. War er durch Zufall in Forest Road? Oder war er dem Grafen von der Oper her gefolgt?

Nachdem ich ein paar Secunden gewartet, bis der Fremde außer Gesichtsweite war, zog ich die Glocke am Pförtchen. Es war jetzt zwanzig Minuten nach elf Uhr – spät genug, daß der Graf mich leicht durch die Entschuldigung, er sei bereits im Bette, hatte loswerden können.

Die einzige Art und Weise, mich gegen diesen Möglichkeitsfall zu verwahren, war die, mich ohne weitere Fragen sofort bei meinem Namen anmelden zu lassen und ihm dabei zugleich sagen zu lassen, daß ich wichtige Gründe habe, ihn noch zu so später Stunde zu sprechen zu wünschen. Demzufolge nahm ich, während ich wartete, bis man mir öffnen würde, eine Karte heraus und schrieb unter meinen Namen »in wichtigen Geschäften«. Die Hausmagd öffnete die Thür und frug mich argwöhnisch, »was ich wünsche«.

»Seien Sie so gut, dies an Ihren Herrn abzugeben,« entgegnete ich, ihr die Karte gebend.

Ich sah aus dem zögernden Wesen des Mädchens, daß, hätte ich sie gefragt, ob ihr Herr zu Hause sei, sie ihre erhaltenen Weisungen befolgt und mir geantwortet haben würde, er sei nicht zu Hause. Aber die Zuversicht, mit der ich ihr meine Karte gab, machte sie unschlüssig. Nachdem sie mich mit erstaunter Verwirrung angestiert, ging sie mit meiner Karte in's Haus zurück, indem sie die Thür schloß und mich im Garten stehen ließ.

In ein paar Minuten kam sie wieder heraus. »Eine Empfehlung von meinem Herrn und ob Sie nicht so gut sein wollen, zu sagen, wozu Sie ihn zu sprechen wünschen.« »Machen Sie Ihrem Herrn meine Empfehlung und sagen Sie ihm, ich könne das Niemandem als ihm selbst mittheilen.« Sie verließ mich abermals, kam wieder heraus – und bat mich diesmal, einzutreten.

Ich folgte ihr sofort. Im nächsten Augenblicke befand ich mich im Hause des Grafen Fosco.

XVIII.

In dem matten Schimmer des Lichtes, welches die Magd mit aus der Küche gebracht hatte, sah ich eine ältliche Dame geräuschlos das Hinterzimmer des Erdgeschosses verlassen. Sie warf mir einen einzigen Natternblick zu, als ich in den Flur trat, sagte jedoch nichts, sondern ging langsam und ohne meinen Gruß zu erwidern die Treppe hinauf. Ich war durch meine Bekanntschaft mit Mariannens Tagebuchs hinlänglich überzeugt, daß diese ältliche Dame die Gräfin Fosco sei.

Die Magd führte mich nach dem Zimmer, welches die Gräfin soeben verlassen hatte. Ich trat ein und stand dem Grafen gegenüber.

Er war noch in seiner Abendtoilette, ausgenommen, daß er seinen Rock ausgezogen hatte. Seine Hemdärmel waren am Handgelenke umgekrämpt, aber nur wenig. Zur einen Seite von ihm stand ein Nachtsack, Zur anderen ein Reisekoffer. Bücher, Papiere und Kleidungsstücke lagen zerstreut im Zimmer umher. Auf einem Tische zur einen Seite der Thür stand eine Pagode, die mir der Beschreibung nach bekannt war und die seine weißen Mäuse enthielt. Die Kanarienvögel und der Kakadu waren wahrscheinlich in einem anderen Zimmer. Als ich eintrat, saß er vor dem Reisekoffer, welchen er packte, und stand mit einigen Papieren in der Hand auf, um mich zu empfangen. Sein Gesicht zeigte noch deutliche Spuren von der Erschütterung, welche ihn in der Oper überwältigt hatte. Seine großen Wangen hingen welk, seine kalten grauen Augen blickten mit verstohlener Wachsamkeit, seine Stimme, sein Blick und sein Wesen waren alle gleich argwöhnisch, als er mir einen Schritt entgegenkam und mich mit zurückhaltender Höflichkeit ersuchte, Platz zu nehmen.

»Sie kommen in Geschäften, Sir?« sagte er. »Ich kann nicht errathen, welcher Art dieselben sein können.«

Die unverhohlene Neugier, mit der er mir, während er sprach, fest in's Gesicht blickte, überzeugte mich, daß er mich in der Oper nicht bemerkt hatte. Er hatte Pesca zuerst erblickt und offenbar von diesem Augenblicke an bis zu dem, wo er das Theater verließ, nichts weiter gesehen als ihn. Mein Name mußte ihn natürlich darauf gefaßt machen, daß mich kein anderer als ein feindlicher Zweck in sein Haus brachte – aber er schien bis hieher vollkommen im Unklaren über den wirklichen Zweck meines Besuches.

»Ich habe Glück, indem ich Sie heute Abend noch hier finde,« sagte ich, »Sie scheinen im Begriffe zu sein, eine Reise zu machen.«

»Haben Ihre Geschäfte mit meiner Reise zu thun?«

»In gewisser Beziehung, ja.«

»In welcher Beziehung? Wissen Sie, wohin ich reise?«

»Nein. Ich weiß bloß, warum Sie London verlassen.«

Er schlüpfte mit Blitzesschnelle an mir vorüber, verschloß die Thür und steckte den Schlüssel in die Tasche.

»Sie und ich, Mr. Hartright,« sagte er, »sind dem Rufe nach sehr wohl miteinander bekannt. Ist es Ihnen zufällig eingefallen, als Sie nach diesem Hause kamen, daß ich nicht ein Mann sei, mit dem Sie Ihr Spiel würden treiben können?«

»Allerdings,« entgegnete ich, »und ich bin durchaus nicht dazu hergekommen. Ich bin hier in einer Sache über Leben und Tod – und wäre jene Thür, die Sie soeben verschlossen, offen, so würde mich nichts, das Sie zu sagen oder zu thun im Stande wären, bewegen können, dieses Zimmer zu verlassen.«

Ich trat weiter in das Innere des Zimmers hinein und stand ihm auf dem Kaminteppiche gegenüber. Er zog einen Stuhl vor die Thür, setzte sich darauf und stützte sich mit einem Arme auf den Tisch. Die Pagode mit den weißen Mäusen stand dicht neben ihm und die kleinen Thierchen stürzten aus ihren Schlafstellen, als sein schwerer Arm den Tisch erschütterte, und schauten ihn durch die bunten Drahtstäbe hindurch an.

»In einer Sache über Leben und Tod?« wiederholte er für sich. »Diese Worte bedeuten vielleicht mehr, als Sie denken, was wollen Sie damit andeuten?«

»Was ich sage.«

Dichter Schweiß trat auf seine breite Stirn. Seine linke Hand stahl sich über die Kante des Tisches. Es war eine verschließbare Schublade darin, und der Schlüssel steckte im Schlosse. Sein Finger und Daumen faßten den Schlüssel, doch drehte er ihn nicht um.

»Sie wissen also, weshalb ich Londen verlasse?« fuhr er fort. »Nennen Sie mir gefälligst den Grund.« während er sprach, drehte er den Schlüssel um und öffnete die Schublade.

»Ich kann noch mehr thun als das,« entgegnete ich, »ich kann Ihnen den Grund *zeigen*.«

»Wie können Sie ihn mir zeigen?«

»Sie haben Ihren Rock abgelegt,« sagte ich. »Wollen Sie Ihren linken Hemdärmel hinauf ziehen – und Sie werden ihn sehen.«

Dieselbe fahle, bleierne Blässe, die ich schon im Theater auf seinem Gesichte hatte lagern sehen, überzog dasselbe abermals. Das tödliche Leuchten seiner Augen brannte sich fest und tief in die meinigen. Er sagte nichts. Aber seine linke Hand zog langsam die Schublade heraus und schlüpfte dann leise hinein. Es ließ sich auf einen Augenblick ein harter, scharrender Ton hören, wie wenn er einen schweren Gegenstand bewegte, den ich jedoch nicht sah. Die Stille, welche folgte, war eine so tiefe, daß ich an der Stelle, wo ich stand, deutlich das leise Nagen der kleinen weißen Mäuse an ihren Stäben hören konnte.

Mein Leben hing an einem Faden, und ich wußte es. In diesem entscheidenden Augenblicke dachte ich mit *seinem* Geiste, fühlte ich mit *seinen* Fingern – ich wußte so bestimmt, als ob ich es gesehen hätte, was er in der Schublade vor mir versteckt hielt.

»Warten Sie ein wenig,« sagte ich. »Sie haben die Thür verschlossen – Sie sehen, daß ich mich nicht rühre – daß meine Hände leer sind, warten Sie ein wenig. Ich habe Ihnen noch etwas zu sagen.«

»Sie haben genug gesagt,« entgegnete er mit einer plötzlichen Ruhe, die etwas so Unnatürliches und Gespenstisches hatte, daß sie mich heftiger erschütterte, als der gewaltigste Wuthausbruch gethan haben würde. »Ich brauche noch einen Augenblick für meine eigenen Gedanken, wenn Sie ihn mir erlauben wollen. Errathen Sie, woran ich denke?«

»Vielleicht.«

»Ich denke daran,« sagte er mit großer Ruhe, »ob ich die Unordnung in diesem Zimmer noch dadurch vermehren soll, daß ich Ihr Gehirn über den Kamin spritze.«

Ich sah es seinem Gesichte an, daß, falls ich mich in diesem Augenblicke gerührt, er es gethan haben würde.

»Ich rathe Ihnen, ehe Sie sich über diese Frage entschließen, zwei geschriebene Zeilen zu lesen, die ich bei mir trage,« entgegnete ich.

Dieser Vorschlag schien seine Neugierde zu erregen. Ich nickte mit dem Kopfe. Ich nahm Pesca's Bescheinigung über den Empfang meines Briefes aus meinem Taschenbuche und hielt ihm dieselbe auf Armlänge hin; dann kehrte ich zu meinem Platze vor dem Kamine zurück.

Er las die Zeilen laut vor: Ich habe Deinen Brief erhalten, wenn ich Dich vor der genannten Zeit nicht sehe, werde ich mit dem Glockenschlage das Siegel brechen.«

Für einen anderen Mann in seiner Lage hätten diese Worte einer Erklärung bedurft – bei dem Grafen war eine solche unnöthig. Ein einmaliges Durchlesen des Billets zeigte ihm deutlich, durch welche Vorsichtsmaßregel ich mich geschützt hatte. Sein Gesichtsausdruck veränderte sich augenblicklich und seine Hand zog sich leer aus der Schublade zurück.

»Ich verschließe meine Schublade nicht, Mr. Hartright, und ich sage nicht, daß ich nicht doch noch Ihr Gehirn über den Kamin spritzen werde,« sagte er. »Aber ich bin selbst gegen meinen Feind gerecht – und will vorläufig bekennen, daß sein Gehirn klüger ist, als ich es geglaubt hätte. Kommen Sie Zur Sache, Sir! Sie verlangen etwas von mir?«

»Ja, und ich beabsichtige, es zu erhalten.«

»Unter Bedingungen?«

»Ohne Bedingungen.«

Seine Hand fiel wieder in die Schublade.

»Bah! Wir machen Umwege, und Ihr kluges Gehirn ist schon wieder in Gefahr. Der Ton, den Sie annehmen, ist von einer beklagenswerthen Unvorsichtigkeit, Sir – mäßigen Sie ihn auf der Stelle!

Das Risico, Sie an der Stelle, wo Sie stehen, zu erschießen, ist geringer für mich, als das, Sie lebend aus diesem Hause zu lassen – ausgenommen unter Bedingungen, die ich selbst vorschreiben werde. Sie haben es jetzt nicht mit meinem verstorbenen Freunde zu thun, sondern stehen Fosco gegenüber! Und wenn die Leben von zwanzig Mr. Hartrights als Stufensteine zu meiner Sicherheit nöthig wären, so würde ich über sie hinwegschreiten. Achten Sie mich, wenn Ihnen Ihr Leben lieb ist! Ich fordere Sie auf, mir drei Fragen zu beantworten, ehe Sie wieder Ihre Lippen öffnen. Beantworten Sie sie – sie sind *mir* nothwendig.« Er hielt einen Finger seiner rechten Hand empor. »Erste Frage!« sagte er. »Sie sind im Besitze einer Mittheilung, welche wahr oder falsch sein mag – woher haben Sie dieselbe.

»Ich schlage es aus, die Frage zu beantworten.«

»Einerlei, ich werde es schon erfahren, wenn diese Mittheilung wahr ist – bemerken Sie wohl, daß ich mit der ganzen Kraft meiner Entschlossenheit sage, *wenn* – so treiben Sie hier, entweder durch Ihren eigenen Verrath oder den Verrath eines anderen Mannes, Ihren Handel damit. Ich mache mir aus diesem Umstände eine Anmerkung in meinem Gedächtnisse, welches nichts vergißt, für künftigen Gebrauch, und jetzt weiter.« Er hielt einen zweiten Finger empor. »Zweite Frage! Jene Zeilen, die Sie mir zu lesen gaben, sind ohne Unterschrift, wer hat sie geschrieben?«

»Ein Mann, auf den ich alle Ursache habe mich zu verlassen, den aber Sie alle Ursache haben zu fürchten.«

Meine Antwort traf ihn diesmal ziemlich hart. Seine linke Hand zitterte hörbar in der Schublade.

»Wie lange geben Sie mir Zeit,« frug er, indem er seine dritte Frage in ruhigerem Tone that, »ehe das Siegel mit dem Glockenschlage gebrochen wird?«

»Zeit genug für Sie, um auf meine Bedingungen einzugehen,« entgegnete ich.

»Geben Sie mir eine deutlichere Antwort, Mr. Hartright, welches ist die Stunde, die der Glockenschlag angeben soll?«

»Neun Uhr, morgen Früh.«

»Neun Uhr, morgen Früh? Ja, ja – Sie haben Ihre Falle wohl ange-legt – ehe ich meinen Paß visirt bekommen und London verlassen kann. Ich nehme an, daß es nicht schon früher ist? Doch werden wir darauf sogleich zurückkommen – ich kann Sie als Geisel hier behal-ten und einen Handel mit Ihnen treffen, daß Sie den Brief holen lassen, ehe ich Sie fort lasse. Inzwischen haben Sie jetzt die Güte, Ihre Bedingungen zu nennen.«

»Die sollen Sie hören. Sie wissen, wessen Interessen ich repräsen-tire, indem ich hieher komme?«

Er lächelte mit erhabenster Gelassenheit und machte eine nach-lässige Bewegung mit der rechten Hand.

»Ich will es zu errathen wagen,« sagte er spöttisch, »Die Interes-sen einer Dame natürlich!«

»Die Interessen meiner Frau.«

Er blickte mir mit dem ersten ehrlichen Ausdrucke, den ich noch bei ihm gesehen, in's Gesicht – einem Ausdrucke des größten Er-staunens. Ich konnte sehen, daß ich in meiner Eigenschaft als ge-fährlicher Mann von diesem Augenblicke an in seiner Achtung sank. Er schloß sofort die Schublade, faltete die Arme über seine Brust und hörte mich mit einem Lächeln satyrischer Aufmerksam-keit an.

»Sie sind hinlänglich von dem Fortgange meiner Nachforschun-gen während der letzten Monate unterrichtet,« sagte ich, »um zu wissen, daß jeder Versuch, die einfachen Thatsachen zu leugnen, in meiner Gegenwart vollkommen nutzlos ist. Sie haben sich eines schändlichen Anschlages schuldig gemacht und der Gewinn eines Vermögens von zehntausend Pfund war der Zweck desselben.«

Er sagte nichts. Aber über sein Gesicht zog sich eine Wolke finste-rer Besorgnis.

»Behalten Sie Ihre Beute,« sagte ich. (Sein Gesicht erhellte sich augenblicklich wieder und seine Augen öffneten sich in immer größerem Erstaunen.) »Ich bin nicht hergekommen, um mit Ihnen um Geld zu feilschen, das durch Ihre Hände gegangen und der Preis eines schändlichen Verbrechens gewesen –«

»Sachte, Mr. Hartright. Ihre moralischen Gemeinplätze sind bei Ihren Landsleuten von vorzüglicher Wirkung – behalten Sie dieselben gefälligst für sich und für sie. Die zehntausend Pfund waren ein Legat, welches der verstorbene Mr. Fairlie meiner Frau vermacht hatte. Nehmen wir die Sache aus diesem Gesichtspunkte und ich habe nichts dawider, sie zu besprechen. Für einen Mann von meinen Gefühlen jedoch ist der Gegenstand ein sehr erbärmlicher. Ich ziehe vor, ihn fallen zu lassen, und fordere Sie auf, die Nennung Ihrer Bedingungen wieder aufzunehmen. Was fordern Sie?«

»Ich verlange erstens ein volles Bekenntnis des begangenen Verrathes, von Ihnen selbst in meiner Gegenwart geschrieben und unterzeichnet.«

Er erhob den Finger. »Eins!« sagte er, mich mit der ruhigen Aufmerksamkeit eines praktischen Mannes controlirend.

»Zweitens einen klaren Beweis – der nicht von Ihrer persönlichen Behauptung abhängt – von dem Datum, an welchem meine Frau Blackwater Park verließ und nach London reiste.«

»So! so! Ich sehe, Sie sind im Stande, die schwache Stelle herauszufühlen,« bemerkte er mit Gelassenheit. »Sonst noch etwas?«

»Für jetzt nichts.«

»Gut! Sie haben Ihre Bedingungen genannt, jetzt hören Sie die meinigen. Vielleicht ist die Verantwortlichkeit, das einzuräumen, was Sie »den Anschlag« zu nennen belieben, eine geringere für mich, als die, Sie dort todt auf den Kaminteppich hinzustrecken. Wir wollen annehmen, daß ich auf Ihren Wunsch eingehe – unter meinen eigenen Bedingungen. Die Angabe, welche Sie von mir verlangen, soll geschrieben, der klare Beweis des Datums geliefert werden. Vermuthlich werden Sie einen Brief von meinem verstorbenen Freunde, von ihm selbst geschrieben, datirt und unterzeichnet, wodurch er mich von dem Tag und der Stunde der Ankunft seiner Frau unterrichtet, einen Beweis nennen? Diesen kann ich Ihnen geben. Ich kann Sie außerdem zu dem Manne schicken, von welchem ich den Wagen miethete, in dem ich meinen Besuch am Tage seiner Ankunft von der Eisenbahnstation abholte – sein Bestellungsbuch mag Ihnen vielleicht zu dem Datum verhelfen können, selbst wenn der Kutscher, welcher mich fuhr, Ihnen nicht von Nutzen sein kann. Dies kann ich und will ich thun – unter Bedingungen. Diese sind folgende: Erste Bedingung! Die Gräfin und ich verlassen dieses Haus wann und wie wir wollen, ohne jegliches Hindernis von Ihrer Seite. Zweite Bedingung! Sie warten hier in meiner Gesellschaft, um meinen Agenten zu sehen, welcher morgen Früh um sieben Uhr herkommt, um meine Geschäfte zu ordnen. Sie geben meinem Agenten einen geschriebenen Befehl an den Mann, welcher Ihren versiegelten Brief hat, daß er ihm denselben ausliefere. Sie warten hier, bis der Agent jenen Brief ungeöffnet in meine Hände gegeben hat, und dann geben Sie mir eine gemessene halbe Stunde, um das Haus zu verlassen – worauf Sie dann Ihre Freiheit wieder erhalten und gehen mögen, wohin Sie wollen. Dritte Bedingung! Sie geben mir die Genugthuung eines Gentleman für ihre Einmischung in meine Privatangelegenheiten und für die Sprache, die Sie sich während dieser Unterredung gegen mich erlaubt haben. Zeit und Ort für das Zusammentreffen sollen Ihnen, sobald ich sicher auf dem Festlande angelangt sein werde, in einem Briefe von meiner Hand mitgetheilt werden, in welchem ich einen Papierstreifen, welcher genau die Länge meines Degens angibt, beischließen will. Dies sind *meine* Bedingungen. Sagen Sie mir, ob Sie dieselben eingehen – **Ja** oder **Nein**.«

Die merkwürdige Mischung von der schnellen Entschlossenheit, schlauen Berechnung und dem komödiantischen Bombast dieser Rede machte mich einen Augenblick förmlich stutzig – aber nur auf einen Augenblick. Die eine Frage, welche ich zu bedenken hatte, war die, ob ich berechtigt sei, mir die Mittel zu Lauras Identification auf Kosten des ungestraften Entkommens des Schurken zu verschaffen. Doch da kam mir meine Erinnerung an Sir Percivals Tod zu Hilfe. Auf wie furchtbare Weise war nicht *dort* mir das Werk der Vergeltung im letzten Augenblicke aus der Hand gerissen worden! Welches Recht hatte ich in meiner kleinen sterblichen Unkenntnis der Zukunft anzunehmen, daß auch dieser Mensch ungestraft entgehen müsse, weil er *mir* entging. Ich dachte an diese Dinge mit einem Gefühle, das meiner würdiger war, mit einem gewissen Aberglauben nämlich. Es war hart, jetzt, da ich ihn endlich gefaßt hielt, ihn freiwillig wieder los zu lassen – doch überwand ich mich, das Opfer zu bringen. Mit deutlicheren Worten, ich beschloß, mich durch den einen höheren Beweggrund leiten zu lassen, dessen ich gewiß war, den nämlich, Lauras Sache und der Sache der Wahrheit zu dienen.

»Ich nehme ihre Bedingungen an,« sagte ich, »doch mit einem Vorbehalts auf meiner Seite.«

»Welcher Vorbehalt mag dies sein?« frug er.

»Derselbe betrifft den versiegelten Brief,« entgegnete ich. »Ich verlange, daß Sie ihn ungeöffnet in meiner Gegenwart vernichten, sobald er in Ihre Hände gegeben sein wird.«

Der Zweck dieser meiner Bedingung war einfach der, ihn Zu verhindern, geschriebenes Zeugnis von der Beschaffenheit meiner Mittheilungen an Pesca mit sich zu nehmen. *Das Factum* derselben mußte er notwendigerweise am nächsten Morgen erfahren, wo ich dem Agenten die Adresse geben würde. Doch konnte er auf seine alleinige Angabe keinen Gebrauch davon machen, welcher mir für Pesca die geringsten Befürchtungen zu verursachen gebraucht hätte.

»Ich lasse Ihren Vorbehalt gelten,« entgegnete er, nachdem er ungefähr eine Minute lang ernstlich überlegt. »Die Sache ist keines Streites werth – der Brief soll vernichtet werden, sowie er meinen Händen übergeben wird.«

Während er noch sprach, erhob er sich von dem Platze, den er mir gegenüber bis zu diesem Augenblicke eingenommen hatte. Mit einer einzigen Anstrengung schien er den Druck, welcher während unserer ganzen Unterredung auf seinem Geiste gelastet, von sich abzuwälzen, »Puh!« rief er, indem er voll Behagen die Arme streckte, »das Scharmützel war heiß, solange es währte. Nehmen Sie Platz, Mr. Hartright. Wir werden einander später als tödliche Feinde gegenüber stehen – lassen Sie uns bis dahin die höflichen Aufmerksamkeiten wohlgesitteter Ehrenmänner austauschen. »Erlauben Sie, daß ich mir die Freiheit nehme, meine Frau zu rufen.«

Er öffnete die Thür. »Eleanor!« rief er mit seiner tiefen Stimme. Die Dame mit dem Natterngesichte kam herein. »Die Gräfin Fosco – Mr. Hartright,« sagte der Graf, uns mit würdevoller Unbefangenheit einander vorstellend. »Mein Engel,« fuhr er zu seiner Gemahlin gewendet fort, »wird deine Beschäftigung des Einpackens dir vielleicht Zeit gestatten, mir einen schönen, starken Kaffee zu machen.

Ich habe Schreibgeschäfte mit Mr. Hartright – und bedarf des vollen Besitzes all meiner Geisteskräfte, um ersteren gerecht werden zu können.«

Die Gräfin verneigte zweimal den Kopf – einmal strenge gegen mich und das zweite Mal in Unterwürfigkeit gegen ihren Gemahl und glitt dann aus dem Zimmer.

Der Graf ging an einen Schreibtisch am Fenster, öffnete sein Schreibpult und nahm mehrere Buch Papier und ein Paket Gänsefedern heraus. Er streute die Federn über den Tisch, so daß sie nach allen Richtungen hin bereit lagen, wie er ihrer bedürfen möge, und zerschnitt dann das Papier in einen Haufen schmaler Streifen von der Gestalt, wie sie von Schriftstellern für den Druck gebraucht werden.

»Ich werde hieraus ein außerordentliches Document machen,« sagte er, mich über die Schulter hinweg anblickend. »Ich bin vollkommen mit literarischen Arbeiten vertraut. Eins der seltensten Geistestalente, die ein Mann besitzen kann, ist die großartige Fähigkeit, seine Gedanken zu ordnen. Ein ungeheurer Vorzug! Ich besitze ihn. Sie ebenfalls?

Er ging, bis der Kaffee kam, im Zimmer auf und ab, indem er vor sich hin summte und die Stellen, wo ihm beim Ordnen seiner Gedanken Hindernisse aufstießen, dadurch markirte, daß er sich mit der Handfläche vor die Stirne schlug.

Die Gräfin selbst brachte den Kaffee. Er küßte ihr in dankbarer Höflichkeit die Hand und begleitete sie dann zur Thür; darauf kehrte er zurück, schenkte eine Tasse Kaffee für sich ein und trug sie auf seinen Schreibtisch.

»Darf ich Ihnen eine Tasse Kaffee anbieten, Mr. Hartright?« frug er, ehe er sich setzte.

Ich dankte.

»Wie! Sie glauben, ich werde Sie vergiften?« sagte er munter. »Der englische Verstand ist gesund, soweit er geht,« fuhr er fort, während er sich an seinem Tische zurecht setzte; »aber er hat einen bedeutenden Fehler: er ist stets am unrechten Orte vorsichtig.«

Er tauchte seine Feder in die Tinte, legte einen Streifen des Papiers mit einem Schlage der Hand vor sich auf das Pult, räusperte sich und begann. Er schrieb mit großem Geräusche und großer Schnelligkeit in einer so großen, kühnen Handschrift und so gesperrten Zeilen, daß er in kaum Zwei Minuten, nachdem er angefangen, am Ende der Seite angelangt war. Jeden Streifen warf er, nachdem er damit fertig war und ihn numerirt hatte, über seine Schulter auf den Boden. Als er seine erste Feder abgenutzt hatte, flog auch diese über seine Schulter, und er ergriff eine andere. Ein Streifen nach dem anderen, zu Dutzenden, zu Fünfzigen, zu Hunderten flogen zu beiden Seiten von ihm über seine Schultern, bis er sich rund umher in Papier eingeschneit hatte. Da saß ich und wartete, da saß er und schrieb. Er machte keine Pausen, ausgenommen, um seinen Kaffee zu schlürfen, und als dieser zu Ende war, um sich von Zeit zu Zeit mit der Hand vor die Stirne zu schlagen. Es schlug ein Uhr – zwei, drei, vier – und immer noch flogen die Streifen um ihn her, noch immer kratzte die unermüdliche Feder ihren Weg über die Seiten fort und immer höher stieg das weiße Papierchaos um seinen Stuhl. Um vier Uhr hörte ich ein plötzliches Spritzen der Feder, welches den Schnörkel verkündete, mit dem er seinen Namen unterzeichnete. »Bravo!« rief er aus, indem er mit der Leichtigkeit eines jungen Mannes aufsprang und mir mit einem Lächeln süperben Triumphes in's Gesicht sah.

»Fertig, Mr. Hartright!« rief er aus, indem er sich mit der Faust auf die breite Brust schlug. »Fertig zu meiner eigenen höchsten Genugthuung – zu *Ihrem* höchsten Erstaunen, wenn Sie lesen werden, was ich geschrieben habe. Jetzt an's Ordnen, Lesen und Revidiren meiner Streifen – die emphatisch für Ihr Auge allein bestimmt sind. Gut! Das Ordnen, Lesen und Revidiren – von vier bis fünf; ein kurzer Schlummer zu meiner Stärkung – von fünf bis sechs; letzte Reisevorkehrungen – von sechs bis sieben; Geschäfte mit dem Agenten und wegen des versiegelten Briefes von sieben bis acht; um acht Uhr *en route*. Das Programm – *le voila!*«

Er setzte sich mit übereinandergeschlagenen Beinen zu seinem Papiere auf den Fußboden, zog die Streifen mit einer Schnürnadel auf ein Band, corrigirte sie, schrieb alle Titel und Ehren, durch die er persönlich ausgezeichnet war, oben über die erste Seite und las mir das Manuscript dann mit lauter, theatralischer Emphase vor. Der

Leser wird in Kurzem Gelegenheit haben, sich seine eigene Ansicht über das Actenstück zu bilden. Genüge es hier, nur zu erwähren, daß es meinem Zwecke entsprach.

Er schrieb mir zunächst die Adresse des Mannes auf, von dem er den Wagen gemiethet hatte, und gab mir Sir Percivals Brief. Derselbe war aus Hampshire und vom 25. Juli datirt und kündigte Lady Glyde's Abreise nach London auf den 26. an. Demnach also war sie an demselben Tage, an dem des Arztes Certificat sie als in St. John's Wood verstorben erklärte, nach Sir Percivals eigenem Beweise lebend in Blackwater – und sollte am folgenden Tage eine Reise antreten! Sobald ich den Beweis dieser Reise von dem Lohnkutscher würde erhalten haben, sollten also jetzt meine Beweise vollständig sein.

»Ein Viertel nach fünf,« sagte der Graf, auf seine Uhr blickend. »Es wird Zeit zu meinem Stärkungsschlummer. Entschuldigen Sie mich einen Augenblick. Ich will die Gräfin bitten, Sie vor Langeweile zu bewahren.«

Da ich so gut wie er wußte, daß er die Gräfin nicht zu meiner Unterhaltung herbeirief, sondern damit sie es verhindere, daß ich das Haus verlasse, erwiderte ich nichts und beschäftigte mich mit dem Zusammenbinden der Papiere, welche er mir eingehändigt hatte.

Die Dame kam herein – kühl, bleich und giftig wie immer. »Unterhalte Mr, Hartright, mein Engel,« sagte der Graf. Dann reichte er ihr einen Stuhl, küßte ihre Hand zum zweiten Male, zog sich nach dem Sopha zurück und schlief in drei Minuten so friedlich und glücklich, wie der tugendhafteste Mensch von der Welt.

Die Gräfin nahm ein Buch vom Tische, setzte sich und blickte mich mit der ruhigen, rachsüchtigen Bosheit einer Frau an, die nie weder vergißt noch vergibt.

»Ich habe Ihre Unterhaltung mit meinem Gemahl angehört,« sagte sie. »Wäre ich an *seiner* Stelle gewesen, so hätte ich Sie todt auf den Kaminteppich hingestreckt.«

Mit diesen Worten öffnete sie ihr Buch und von diesem Augenblicke, bis zu dem Augenblicke, wo ihr Mann erwachte, sah sie mich weder an, noch sprach sie wieder ein Wort zu mir.

Genau eine Stunde, nachdem er sich zum Schlafen niedergelegt, öffnete er die Augen und erhob sich vom Sopha.

»Ich fühle mich unbeschreiblich erquickt,« bemerkte er. »«Eleanor, mein gutes Weib, bist du oben ganz fertig? Das ist recht. Mein bißchen Packen hier kann in zehn Minuten fertig – und ich in noch zehn Minuten zur Reise gerüstet sein, was ist noch zu thun, ehe der Agent kommt?« Er schaute sich im Zimmer um und erblickte den Käfig mit den weißen Mäusen. »Ach!« rief er aus, »es bleibt mir noch ein letztes Zerreißen meiner Gefühle übrig. Meine unschuldigen Lieblinge! meine geliebten kleinen Kinder! Was soll ich mit ihnen anfangen? Für's Erste haben wir nirgends einen festen Wohnort, wir werden unaufhörlich reisen und je weniger Gepäck wir bei uns führen, desto besser für uns. Mein Kakadu, meine Kanarienvögel und meine weißen Mäuse – wer wird sie pflegen, wenn ihr guter Papa fern von ihnen ist?«

Er ging in tiefen Gedanken im Zimmer auf und ab. Er war beim Aufschreiben seines Bekenntnisses keinen Augenblick in Verlegenheit gewesen; aber die weit wichtigere Frage der Art und Weise, wie er über seine Lieblingsthiere verfügen solle, verursachte ihm ernstliches Nachdenken. Nach langer Ueberlegung setzte er sich endlich wieder an den Schreibtisch.

»Ich habe einen Gedanken!« rief er aus. »Ich will meinen Kakadu und meine Kanarienvögel dieser großen Hauptstadt zum Geschenk machen – mein Agent soll sie in meinem Namen dem Präsidenten des Thiergartens übergeben.«

»Graf! Du hast die Mäuse ausgelassen,« sagte die Gräfin.

»Alle menschliche Entschlossenheit hat ihre Grenzen, Eleanor,« sagte er. »Ich kann mich von meinen weißen Mäusen nicht trennen. Habe Nachsicht mit mir, mein Engel, und nimm sie mit hinauf in ihren Reisekäfig.«

»Bewunderungswürdige Zärtlichkeit,« sagte die Gräfin, ihren Gemahl anstaunend und mit einem letzten Natternblicke in meine Richtung. Sie nahm den Käfig vorsichtig auf und verließ das Zimmer.

Der Graf sah auf seine Uhr. Ungeachtet seiner festen Entschlossenheit, seine Fassung zu behalten, schien er doch mit Unruhe der

Ankunft des Agenten entgegen zu sehen. Die Lichter waren längst ausgelöscht worden und das Sonnenlicht des neuen Morgens ergoß sich ins Zimmer. Es war bereits fünf Minuten nach sieben Uhr, als man am Gartenpförtchen schellen hörte und der Agent anlangte. Er war ein Ausländer, mit einem dunklen Barte.

»Mr. Hartright – Monsieur Rubelle,« sagte der Graf, uns einander vorstellend. Er nahm den Agenten (dem man in jedem Zuge des Gesichtes den Spion ansah) in einen Winkel des Zimmers, flüsterte ihm einige Verhaltungsbefehle zu und verließ uns dann. Monsieur Rubelle bat mich, sobald wir allein waren, mit ausgesuchtester Höflichkeit, ihm seine Instructionen zu geben. Ich schrieb zwei Zeilen an Pesca, welche ihn autorisirten, »dem Ueberbringer« den versiegelten Brief auszuhändigen; dann adressirte ich das Billet und gab es Monsieur Rubelle.

Der Agent blieb bei mir, bis sein Vorgesetzter – in Reisekleidern – wieder zu uns hereinkam. Der Graf betrachtete die Adresse des Briefes, ehe er den Agenten entließ. »Ich dachte es mir!« sagte er, sich mit einem finsteren Blick gegen mich wendend, und veränderte sein Benehmen gegen mich sofort wieder.

Er machte sein Gepäck fertig und sprach kein Wort wieder zu mir. Der nahe Augenblick seiner Abreise und der Beweis, den er gesehen hatte, von der Verbindung zwischen Pesca und mir, hatten offenbar seine Aufmerksamkeit wieder ganz auf die Maßregeln gelenkt, welche zu seiner Flucht nothwendig waren.

Kurz vor acht Uhr kehrte Monsieur Rubelle mit meinem uneröffneten Briefe zurück. Der Graf betrachtete aufmerksam Siegel und Adresse – zündete ein Licht an – und verbrannte den Brief. »Ich erfüllte mein Versprechen, Mr. Hartright,« sagte er, »aber die Sache ist hiemit nicht zu Ende.«

Der Agent hatte den Fiaker, in welchem er zurückgekehrt war, vor dem Hause warten lassen. Er und die Magd beschäftigten sich jetzt, das Gepäck aufzuladen. Die Gräfin kam dicht verschleiert und mit dem Käfig, der die weißen Mäuse enthielt, von oben herunter. Ihr Gemahl führte sie an den Fiaker. »Folgen Sie mir bis in den Gang,« flüsterte er mir ins Ohr, »ich mag Ihnen im letzten Augenblicke noch etwas zu sagen haben.«

Ich ging bis an die Hausthür und der Agent stand vor mir im Vordergarten. Der Graf kam allein zurück und zog mich ein paar Schritte in den Gang hinein.

»Denken Sie an meine dritte Bedingung!« flüsterte er. »Sie sollen von mir hören, Mr. Hartright – ich mag vielleicht früher, als Sie es denken, die Genugthuung eines Gentleman von Ihnen fordern.« Er ergriff, ehe ich dergleichen noch ahnen konnte, meine Hand und drückte sie fest – dann wandte er sich zur Thür, stand still und kam nochmals zurück zu mir.

»Noch ein Wort,« sagte er vertraulich, »als ich Miß Halcombe zum letzten Male sah, schien sie mir blaß und elend auszusehen. Ich bin besorgt um jenes bewunderungswürdige Weib. Sorgen Sie für ihre Gesundheit, Sir! Mit der Hand auf dem Herzen stehe ich Sie feierlich an, für Miß Halcombes Wohl zu sorgen!«

Dies waren seine letzten Worte zu mir, bevor er seinen ungeheuren Körper in den Fiaker klemmte und davonfuhr.

Der Agent und ich warteten ein paar Minuten an der Thür und sahen ihm nach, während wir dastanden, kam ein zweiter Fiaker um eine Ecke etwas weiter den Weg hinabgefahren. Derselbe folgte dem Fiaker des Grafen, und als er an dem offenen Gartenpförtchen vorbeikam, schaute der Darinsitzende zu uns heraus, wieder der Fremde von der Oper – der Ausländer mit der Narbe auf der linken Wange.

»Sie werden noch eine halbe Stunde länger mit mir hier warten, Sir!« sagte Monsieur Rubelle.

Wir kehrten in's Wohnzimmer zurück. Ich war nicht in der Stimmung, mit dem Agenten zu sprechen oder ihn mit mir sprechen zu lassen. Ich nahm die Papiere heraus, welche der Graf mir übergeben hatte, und las die furchtbare Geschichte des Anschlages, wie der Mann, welcher ihn erdacht und ausgeführt, sie aufgeschrieben hatte.

Fortsetzung der Erzählung durch Isidor Ottavio Baldassare Fosco; *Graf des heiligen römischen Reiches; Groß-Kreuz vom Orden der eisernen Krone, Erz-Meister der Rosenkreuzer-Maurer von Mesopotamien; attachirt (als Ehrenmitglied) bei den musikalischen, medicinischen, philosophi-*

schen und im Allgemeinen wohlthätigen Gesellschaften in ganz Europa ec. ec. ec.

Des Grafen Aussage. Im Sommer des Jahres 1850 langte ich mit einer delicaten Mission vom Auslande beauftragt in England an. Es standen Vertrauenspersonen, deren Bemühungen ich zu leiten autorisirt war, halb-officiell mit mir in Verbindung; zu diesen gehörten Monsieur und Madame Rubelle. Es blieben mir einige Wochen zur Verfügung, ehe ich meine Stellung antrat und mich in einer der Vorstädte Londons häuslich einrichtete. Die Neugierde wird mich hier vielleicht um eine Erklärung dieser Verrichtungen bitten. Ich sympathisire vollkommen mit der Bitte und bedaure ebensosehr, daß diplomatische Rücksichten mich verhindern, derselben zu willfahren.

Ich nahm eine Einladung an, diese kurze Ruhezeit auf dem prachtvollen Landsitze meines verstorbenen Freundes, Sir Percival Glyde, zuzubringen. Er kehrte soeben mit seiner Gemahlin von dem Festlande zurück, wie ich mit der *meinigen.* Das Band der Freundschaft, welches Percival und mich aneinander knüpfte, wurde bei dieser Gelegenheit noch durch eine rührende Gleichheit unserer pecuniären Lage befestigt. Wir brauchten Beide Geld.

Ich gehe nicht auf kleinliche Einzelheiten in Bezug auf diesen Gegenstand ein. Mein Gemüth empört sich dagegen. Mit römischer Strenge zeige ich meine und Percivals leere Börse den schaudernden Blicken des Publikums.

Im Hause empfing uns jenes herrliche Wesen, das in meinem Herzen als »Marianne« eingegraben steht, in der kälteren Atmosphäre der Gesellschaft aber als »Miß Halcombe« bekannt ist.

Gerechter Himmel! mit welch unbeschreiblicher Schnelligkeit lernte ich dieses Weib vergöttern. Mit sechzig Jahren betete ich sie mit der vulcanischen Gluth von achtzehn Sommern an. Alles Gold meiner reichen Natur schüttete ich hoffnungslos vor ihren Füßen aus. Meine Frau armer Engel! – meine Frau, die mich anbetet, erhielt nichts als die Schillinge und Pfennige. So ist die Welt; so der Mann – so die Liebe.

Das häusliche Verhältnis zu Anfang unseres Aufenthaltes in Blackwater Park ist von Mariannens eigener Hand mit erstaunlicher

Genauigkeit und tiefer geistiger Einsicht beschrieben worden. (Man lasse mir die berauschende Familiarität, dieses herrliche Wesen bei ihrem Taufnamen zu nennen, hingehen.) Eine genaue Bekanntschaft mit dem Inhalte ihres Tagebuches, zu dem ich mir durch heimliche Mittel Zugang verschaffte, der mir in der Erinnerung noch unendlich kostbar ist – warnt meine eifrige Feder gegen Mittheilungen, welche dieses unendlich erschöpfungskräftige Weib bereits zu den seinigen gemacht hat.

Die ungeheuren Interessen, mit denen ich hier zu thun habe, beginnen bei dem beklagenswerthen Unglück von Mariannens Krankheit.

Die Lage war um diese Zeit eine emphatisch ernste. Percival brauchte große Geldsummen, welche zu einer gewissen Zeit bezahlt werden mußten (ich sage nichts von dem wenigen, dessen ich in demselben Grade benöthigt war), und die einzige Quelle, in der er diese Bequemlichkeit noch suchen konnte, war das Vermögen seiner Gemahlin, von dem ihm kein Heller früher als nach ihrem Tode zufiel. Insoweit schlimm; aber es kam noch schlimmer. Mein verstorbener Freund hatte Privatsorgen, über die ihn genau zu befragen das Zartgefühl meiner uninteressirten Anhänglichkeit mir verbot. Ich wußte weiter nichts, als daß eine Frau mit Namen Anna Catherick sich in der Umgegend versteckt hielt; daß sie mit Lady Glyde in Verbindung stand und daß die Folge hievon die Enthüllung eines Geheimnisses sein konnte, das Percival unfehlbar zu Grunde richten mußte. Er hatte mir selbst gesagt, daß er verloren sei, falls nicht seine Frau zum Schweigen gebracht und Anna Catherick gefunden würde. Falls er verloren war, was sollte da aus unseren pecuniären Angelegenheiten werden? So muthig ich auch von Natur bin, so erbebte ich doch bei diesem Gedanken!

Die ganze Kraft meines Verstandes war jetzt auf das Auffinden Anna Catherick's gerichtet. Unsere Geldangelegenheiten, so wichtig sie auch waren, gestatteten uns noch einen Verzug – aber die Notwendigkeit, diese Frau zu finden, nicht. Ich kannte sie nur der Beschreibung nach, der zufolge sie eine außerordentliche persönliche Aehnlichkeit mit Lady Glyde hatte. Die Erwähnung dieser merkwürdigen Thatsache – welche bloß in der Absicht geschah, mir beim Erkennen der von uns gesuchten Person behilflich zu sein, erweckte

– gepaart mit der noch hinzugefügten Mittheilung, daß die Catherick aus einem Irrenhause entsprungen – zuerst jenen großen Einfall in meinem Geiste, welcher später zu so ungeheuren Resultaten führte. Dieser Gedanke brachte nichts Geringeres mit sich, als die vollständige Verwandlung der beiden getrennten Identitäten, Lady Glyde und Anna Catherick sollten Namen, Aufenthalt und Bestimmung austauschen – und die erstaunlichen Folgen dieses beabsichtigten Austausches waren: ein Gewinn von dreißigtausend Pfund und ewige Bewahrung von Percivals Geheimnissen.

Mein Instinct (der sich selten täuscht) ließ mich – nachdem ich die Umstände überlegt – annehmen, daß unsere unsichtbare Anna früher oder später nach dem Boothause am Blackwater See zurückkehren würde. Hier stellte ich mich als wache auf, nachdem ich zuvor gegen Mrs. Michelson, die Haushälterin, erwähnt, daß, falls man meiner bedürfe, ich an dieser einsamen Stelle bei meinen Studien zu finden sein werde.

Ich wurde für meine Geduld, am See Schildwache zu stehen, durch das Wiedererscheinen – nicht von Anna Catherick selbst, sondern der Frau, unter deren Obhut sie sich befand, belohnt. Ich überlasse es ihr (falls sie es nicht bereits gethan hat), die Umstände zu erzählen, unter denen sie mich bei dem Gegenstande ihrer mütterlichen Pflege einführte. Als ich Anna Catherick zum ersten Male sah, schlief sie. Ich war durch die Aehnlichkeit zwischen dieser unglücklichen Person und Lady Glyde wie elektrisirt. Die Einzelheiten des großartigen Projectes, von dem ich bisher nur erst die Umrisse entworfen, stellten sich mir beim Anblicke dieses schlafenden Gesichtes in ihrer ganzen meisterhaften Kombination vor die Seele. Zu gleicher Zeit löste sich mein Herz, das stets allen zärtlichen Einflüssen zugänglich ist, beim Anblicke des Leidens vor mir in Thränen auf. Ich beschäftigte mich sofort damit, ihr Erleichterung zu verschaffen. Mit anderen Worten, ich sorgte für ein Reizmittel, welches Anna Catherick hinlänglich stärken würde, um sie in den Stand zu setzen, die Reise nach London zu machen.

Hier bei diesem Punkte lege ich einen notwendigen Protest ein und berichtige einen beklagenswerthen Irrthum.

Die besten Jahre meines Lebens sind in dem eifrigen Studium medicinischer und chemischer Wissenschaft verflossen. Die Chemie namentlich hat immer wegen der ungeheuren, unbegrenzten Macht, welche ihre Kenntnis verleiht, besondere Anziehungskraft für mich gehabt.

Man hat vermuthet, daß ich von meinen ausgebreiteten chemischen Kenntnissen gegen Anna Catherick Gebrauch gemacht hatte und sie sogar gegen die herrliche Marianne angewendet haben würde, falls es mir möglich gewesen wäre. Beides ganz abscheuliche Verleumdungen! Es lag durchaus in meinem Interesse (wie man sogleich sehen wird), Anna Catherick's Leben zu erhalten; meine ganze Sorge concentrirte sich darauf, Marianne aus den Händen des privilegirten Dummkopfes zu erlösen, welcher sie in ihrer Krankheit behandelte und der von Anfang bis zu Ende meinen Rath durch den Arzt aus London bestätigt fand. Bei nur zwei Gelegenheiten – welche beide für die betreffenden Individuen durchaus harmlos waren – rief ich den Beistand meiner chemischen Kenntnisse zu Hilfe. Bei der ersten benutzte ich, nachdem ich Mariannen nach dem Wirthshause zu Blackwater gefolgt war (indem ich hinter einem mir gelegen kommenden Frachtwagen, welcher mich ihr verbarg, die Poesie der Bewegung studirte, die in ihrem Gange verkörpert war), die Dienste meiner unschätzbaren Gemahlin, um den einen von zwei Briefen, die meine angebetete Feindin den Händen einer entlassenen Kammerjungfer anvertraut hatte, abzuschreiben und den anderen zu unterschlagen. In diesem Falle konnte nur die Gräfin, da das Mädchen die Briefe im Busen trug, dieselben durch wissenschaftlichen Beistand öffnen, lesen, ihre Instructionen befolgen, sie versiegeln und wieder an ihren Platz thun – und diesen Beistand gab ich ihr in einem halblöthigen Fläschchen. Die zweite Gelegenheit, bei welcher derartige Mittel angewendet wurden, war die von Lady Glyde's Ankunft in London (auf welche ich in Kurzem zurückkommen werde). Ich war nie zu irgend einer anderen Zeit meiner Kunst verpflichtet. Allen anderen dringenden Fällen und Verwicklungen war meine natürliche Fähigkeit, mit den Verhältnissen zu kämpfen, unabänderlich gewachsen.

Nachdem ich Mrs. Clement (oder Clements, ich bin nur darüber nicht klar) darauf aufmerksam gemacht, daß die beste Methode, Anna davor zu bewahren, daß sie in Percivals Hände fiel, die sei, sie nach London zu bringen; nachdem ich gefunden, daß sie eifrig auf meinen Vorschlag einging und nachdem ich einen Tag bestimmt hatte, an welchem ich mit den Reisenden auf der Station zusammentreffen und sie abreisen sehen wollte – war ich frei, nach Hause zurückzukehren und den Schwierigkeiten, welche mir dort noch übrig blieben, entgegenzutreten.

Ich war mit Mrs. Clements übereingekommen, daß sie in Annas Interesse Lady Glyde von ihrer Adresse in London in Kenntnis setzen solle. Aber dies genügte nicht. Es konnten hinterlistige Leute in meiner Abwesenheit ihren einfachen Glauben erschüttern und sie so am Schreiben verhindern. Wen konnte ich da finden, der mit ihr m demselben Zuge nach London reiste und ihr dort bis an ihre Wohnung folgte? Ich legte mir diese Frage vor – und meine eheliche Zärtlichkeit antwortete sogleich – die Gräfin Fosco.

Nachdem ich mich für die Reise meiner Frau nach London entschieden, beschloß ich durch dieselbe einem doppelten Zwecke zu dienen. Eine Krankenwärterin für die leidende Marianne, die in gleichem Verhältnisse mir und der Kranken ergeben sein mußte, war eine Notwendigkeit meiner Tage. Glücklicherweise stand mir die zuverlässigste und fähigste Frau von der Welt zur Verfügung. Ich meine jene achtbare Matrone, Madame Rubelle – der ich durch meine Frau einen Brief zustellte.

An dem bestimmten Tage trafen Mrs. Clements und Anna Catherick auf der Station mit mir zusammen. Ich nahm höflichen Abschied von ihnen, wie auch von der Gräfin, die mit demselben Zuge reiste. Abends spät kehrte meine Frau nach Blackwater zurück, nachdem sie ihre Instructionen mit der unverbrüchlichsten Genauigkeit befolgt hatte. Sie kam in der Begleitung von Madame Rubelle und brachte mir die Adresse von Mrs. Clements in London. Spätere Ereignisse zeigten uns, daß diese Vorsichtsmaßregel eine überflüssige war. Mrs. Clements unterrichtete Lady Glyde pünktlich von ihrer neuen Wohnung. Mit kluger Berücksichtigung der Zukunft behielt ich den Brief.

An demselben Tage hatte ich eine kurze Unterredung mit dem Arzte, in welcher ich im geheiligten Namen der Menschlichkeit gegen sein Verfahren mit Miß Halcombe protestirte. Er war impertinent, wie alle unwissenden Leute es sind. Ich verschob einen Streit mit ihm, bis ein solcher meinem Zwecke würde dienen können.

Mein Nächstes war, selbst Blackwater Park zu verlassen. Ich mußte mir in Erwartung kommender Ereignisse eine Wohnung in London miethen. Auch hatte ich eine kleine Familienangelegenheit mit Mr. Frederick Fairlie zu besorgen. Ich fand die Wohnung, deren ich bedurfte, in St. John's Wood und Mr. Frederick Fairlie in Limmeridge, Cumberland.

Meine heimliche Bekanntschaft mit Mariannens Korrespondenz hatte mich schon vorher davon unterrichtet, daß sie an Mr. Fairlie geschrieben und zur Beseitigung von Lady Glyde's ehelichen Unannehmlichkeiten vorgeschlagen hatte, daß dieselbe ihren Onkel in Cumberland besuchte. Diesen Brief hatte ich verständigerweise an seine Bestimmung abgehen lassen, indem ich fühlte, daß er kein Unheil, wohl aber Gutes stiften könne. Ich begab mich jetzt selbst zu Mr. Fairlie, um Mariannens Vorschlag zu unterstützen – mit gewissen Abänderungen, welche glücklicherweise für den Erfolg meiner Pläne durch ihre Krankheit unvermeidlich geworden waren. Es war nothwendig, daß Lady Glyde auf eine Einladung von ihrem Onkel Blackwater allein verließe und auf ihres Onkels ausdrücklichen Wunsch eine Nacht im Hause ihrer Tante in London zubrächte (dem Hause, welches ich inzwischen gemiethet hatte). Diese Erfolge zu erzielen und ein Einladungsbillet von Mr. Fairlie zu erhalten, welches Lady Glyde gezeigt werden konnte, waren die Zwecke meines Besuches bei ihm. Wenn ich bemerkte, daß dieser Herr in gleichem Grade geistes- und körperschwach war und daß ich die ganze Kraft meines Charakters auf ihn ausschüttete, so habe ich genug gesagt. Ich kam, sah und besiegte Fairlie.

Bei meiner Rückkehr nach Blackwater Park (mit der Einladung für Lady Glyde) fand ich, daß des Arztes blödsinnige Behandlung von Mariannens Krankheit die beunruhigensten Folgen gehabt hatte. Das Fieber war in Typhus ausgeartet. Lady Glyde versuchte am Tage meiner Rückkehr in das Zimmer ihrer Schwester zu dringen, um dieselbe zu pflegen. Sie hatte meine Gefühle auf das Unverzeihlichste dadurch verletzt, daß sie mich einen Spion genannt; sie war auf meinem und auf Percivals Wege ein Stein des Anstoßes – aber ungeachtet alles dessen verbot mir meine Großmuth, sie der Gefahr der Ansteckung auszusetzen. Zu gleicher Zeit aber legte ich ihr kein Hindernis in den Weg, sich selbst in die Gefahr zu begeben. Wäre ihr dies gelungen, so wäre vielleicht der verwickelte Knoten, den ich langsam und geduldig knüpfte, von den Umständen zerschnitten worden. Doch der Arzt legte sich dazwischen, und sie verließ das Zimmer.

Ich selbst hatte schon vorher empfohlen, daß man einen Arzt aus London kommen ließe, und dieses Verfahren war jetzt eingeschlagen worden. Bei seiner Ankunft bestätigte der Arzt meine Meinung in Bezug auf die Krankheit. Die Krisis war eine ernste. Aber am fünften Tage, nachdem sich der Typhus ausgesprochen, begannen wir für unsere bezaubernde Kranke wieder zu hoffen. Ich war zu dieser Zeit nur einmal von Blackwater Park abwesend – indem ich eines Morgens mit dem Frühzuge nach London fuhr, um die letzten Anordnungen in Bezug auf meine Wohnung in St. John's Wood zu treffen; um mich durch heimliche Erkundigung davon zu überzeugen, daß Mrs. Clements noch in derselben Wohnung sei und um ein paar kleine Vorkehrungen mit Monsieur Rubelle zu treffen. Ich kehrte an demselben Abende zurück. Fünf Tage später erklärte der Arzt, daß unsere interessante Marianne außer aller Gefahr und nun nichts weiter benöthigt sei, als einer sorgfältigen Pflege. Dies war der Zeitpunkt, auf den ich gewartet hatte. Jetzt, da ärztlicher Beistand nicht länger unentbehrlich war, that ich den ersten Zug im Spiele, indem ich mich gegen den Doctor behauptete. Er war einer von vielen Zeugen, die mir im Wege waren und nothwendigerweise hinweggeschafft werden mußten. Ein lebhafter Wortwechsel zwischen uns brachte dies zu Wege. Ich kam mit meiner furchtbaren Lawine von Entrüstung auf den elenden Menschen herab und fegte ihn aus dem Hause.

Die Dienstboten waren die nächsten Hindernisse, die fortgeräumt werden mußten. Ich instruirte Percival (dessen moralischer Muth fortwährender Reizmittel bedurfte)‹ und Mrs. Michelson war über die Maßen erstaunt, als sie eines Tages von ihrem Herrn benachrichtigt wurde, daß er die dortige Haushaltung aufzugeben beabsichtige. Wir säuberten das Haus von der ganzen Dienerschaft, einer Magd ausgenommen, deren bäurische Dummheit uns eine Garantie war, daß sie keine unangenehmen Entdeckungen machen werde. Als sie fort waren, blieb uns nur noch Mrs. Michelson aus dem Wege zu schaffen – ein Resultat, welches sehr leicht erzielt wurde, indem wir die liebenswürdige Dame mit einem Auftrage, in einem Seebade eine Wohnung für ihre Herrin zu suchen, abschickten.

Die Verhältnisse waren jetzt genau so, wie sie sein sollten. Lady Glyde war durch ein nervöses Leiden an ihr Zimmer gefesselt, und die bäurische Stubenmagd (ich habe ihren Namen vergessen) wurde Nachts zu ihrer Bedienung bei ihr eingeschlossen. Marianne hütete, obgleich sie schnelle Fortschritte in der Genesung machte, noch immer unter Madame Rubelle's Pflege das Bett. Außer meiner Frau, Percival und mir war weiter kein lebendes Wesen im Hause. Nachdem sich auf diese Weise alle Chancen zu unseren Gunsten gestaltet hatten, that ich den zweiten Zug.

Der Zweck des zweiten Zuges war, Lady Glyde zu bewegen, Blackwater Park ohne ihre Schwester zu verlassen. Falls wir ihr nicht einreden konnten, daß Marianne ihr nach Cumberland vorausgereist sei, so hatten wir keine Hoffnung, daß sie freiwillig das Haus verlassen werde. Um diesen nothwendigen Eindruck bei ihr hervorzubringen, verbargen wir unsere interessante Reconvalescentin in einem der unbewohnten Schlafzimmer in Blackwater Park. In der Tiefe der Nacht bewerkstelligten meine Frau, Madame Rubelle und ich (Percival war nicht gefaßt genug, um dabei zugelassen werden zu können) diesen Versteck. Der Auftritt war im höchsten Grade malerisch, geheimnisvoll und dramatisch. Auf meine Anordnung war das Bett am Morgen auf einem starken, transportablen, hölzernen Rahmen gemacht worden, wir hatten diesen Rahmen nur leise beim Kopf- und Fußende aufzuheben und unsere Patientin zu tragen, wohin es uns beliebte, ohne sie zu stören. Chemische Hilfe war bei dieser Gelegenheit weder nothwendig, noch wurde sie angewandt. Unsere interessante Marianne lag in der tiefen Ruhe der Genesung. Ich, nach dem Rechte meiner großen persönlichen Kraft nahm das Hauptende des Rahmens, meine Frau und Madame Rubelle das andere. Ich trug meinen Antheil an dieser mir unbeschreiblich kostbaren Bürde mit einer männlichen Zärtlichkeit, mit einer väterlichen Sorgfalt, wo ist der moderne Rembrandt, der unsere mitternächtliche Procession malen könnte?

Am folgenden Morgen reisten meine Frau und ich nach London ab – indem wir Marianne in Abgeschlossenheit im mittleren Theile des Hauses unter Madame Rubelle's Obhut zurückließen, welche letztere gütigst einwilligte, sich auf zwei oder drei Tage mit ihrer Pflegebefohlenen gefangen halten zu lassen. Ehe wir jedoch abreisten, gab ich Percival Mr. Fairlie's Einladung an seine Nichte, in welcher er ihr empfahl, auf ihrem Wege nach Cumberland im Hause ihrer Tante in London zu übernachten, mit der Weisung, Lady Glyde dieselbe zu zeigen, sobald er von mir hören werde. Auch ließ ich mir von ihm die Adresse der Irrenanstalt geben, in der Anna Catherick gefangen gewesen, und einen Brief an den Besitzer derselben, in welchem diesem Herrn die Rückkehr seiner Patientin angekündigt wurde.

Ich hatte bei meinem letzten Besuche in der Hauptstadt Anordnungen getroffen, daß unsere bescheidene Häuslichkeit bereit sein solle, uns, wenn wir mit dem Frühzuge anlangten, aufzunehmen. In Folge dieser weisen Vorsicht waren wir noch an demselben Tage im Stande, unseren dritten Zug in dem Spiele zu thun – nämlich, Anna Catherick in unsere Hände zu bekommen. Es sind hier die Data von Wichtigkeit. Ich kann sie alle an meinen Fingern herzählen.

Mittwoch, den 24. Juli 1850, schickte ich meine Frau in einem Fiaker ab, um zuerst Mrs. Clements aus dem Wege zu räumen. Ein angeblicher Auftrag von Lady Glyde, die sich in London befinden sollte, genügte, um dieses Resultat herbeizuführen. Mrs. Clements wurde in dem Fiaker abgeholt und in demselben gelassen, während meine Frau (unter dem Vorwande eines Einkaufes) ihr entwischte und umkehrte, um ihren erwarteten Besuch in unserem Hause in St. John's Wood zu empfangen. Es ist unnöthig zu sagen, daß den Dienstboten der Besuch als »Lady Glyde« angekündigt worden war.

Unterdessen war ich in einem zweiten Fiaker meiner Frau nachgefahren, mit einem Briefe für Anna Catherick, welcher bloß angab, daß Lady Glyde Mrs. Clements für den Tag bei sich zu behalten beabsichtigte und daß sie unter der Obhut des guten Herrn, welcher draußen auf sie wartete und sie bereits in Hampshire gegen Entdeckung von Sir Percival geschützt, zu ihnen kommen solle. Der »gute Herr« schickte dieses Billet durch einen Straßenbuben in's Haus und wartete ein paar Häuser davon das Resultat ab. In dem Augenblicke, wo Anna vor der Hausthüre erschien und dieselbe wieder schloß, hatte dieser vortreffliche Herr die Fiakerthür für sie geöffnet – sie hineingeschoben – und war davongefahren.

Auf dem Wege nach St. John's Wood verrieth meine Gefährtin keine Furcht. Ich kann väterlich sein – kein Mensch ist es in höherem Grade – wenn ich will, und ich war bei dieser Gelegenheit unendlich väterlich. Welche Ansprüche hatte ich nicht an ihr Vertrauen! Ich hatte die Medicin gemischt, welche ihr wohlgethan; ich hatte sie vor Sir Percival gewarnt, vielleicht baute ich zu sehr auf diese Ansprüche; vielleicht unterschätzte ich die Schärfe, die niederen Instincte in Leuten von geschwächten Geisteskräften – gewiß aber ist es, daß ich sie auf eine Täuschung vorzubereiten vernachlässigte, die ihr beim Eintritte in mein Haus widerfahren sollte. Als ich sie in den Salon führte – als sie dort Niemanden sah als die Gräfin Fosco, die ihr fremd war – gerieth sie in heftigste Aufregung. Hätte sie Gefahr in der Luft gewittert, so hätte sich ihre Unruhe nicht plötzlicher und grundloser darthun können. Es wäre mir vielleicht gelungen, ihre Angst zu besänftigen – aber ihr gefährliches Herzleiden war außer dem Bereiche aller moralischen Beruhigungsmittel. Zu meinem unbeschreiblichen Entsetzen fiel sie in Konvulsionen – eine Erschütterung des Systems, die sie in ihrem Zustande zu jeder Minute todt zu unseren Füßen hätte hinstrecken können.

Der nächste Arzt wurde herbeigerufen und unterrichtet, daß »Lady Glyde« seines augenblicklichen Beistandes bedürfe. Zu meiner unaussprechlichen Erleichterung fand ich in ihm einen tüchtigen Mann. Ich beschrieb ihm seine Patientin als eine Person von schwachem Verstande und an Sinnestäuschungen leidend und befahl, daß Niemand als meine Frau sie pflegen und in ihrem Zimmer wachen solle. Das unglückliche Geschöpf war übrigens zu krank, um in Bezug auf das, was sie sagen konnte, irgendwie Besorgnis einzuflößen. Die eine Furcht, welche mich jetzt verfolgte, war die, daß die falsche Lady Glyde sterben möchte, ehe die wahre Lady Glyde in London anlangte.

Ich hatte Morgens ein Billet an Madame Rubelle geschrieben, mit der Weisung, sich am Freitag, den 26., Abends in ihres Mannes Hause einzufinden, und ein zweites an Percival, worin ich ihn aufforderte, seiner Frau ihres Onkels Einladung zu zeigen, ihr zu versichern, daß Marianne ihr bereits vorausgereist sei, und sie mit dem

Mittagszuge am 26. ebenfalls nach London zu schicken. Ich hatte nach einiger Ueberlegung die Nothwendigkeit gefühlt, wegen Anna Catherick's Gesundheitszustande die Ereignisse zu beeilen und Lady Glyde früher zu meiner Verfügung zu halten, als ich dies Anfangs beabsichtigt. In dieser furchtbaren Ungewißheit meiner Lage konnte ich nichts thun, als auf den Zufall und auf den Doctor hoffen. Meine Emotionen machten sich in pathetischen Ausrufungen Luft – die ich noch eben Fassung genug hatte, im Beisein Anderer mit »Lady Glyde's« Namen zu paaren.

Sie verbrachte eine schlimme Nacht – erwachte in einem Zustande furchtbarer Erschöpfung – erholte sich aber später am Tage auf merkwürdige Weise. Meine elastischen Lebensgeister erholten sich mit ihr. Ich konnte von Percival und Madame Rubelle nicht früher als am Morgen des 26. Antwort erhalten. In der Erwartung, daß sie meine Anordnungen befolgen würden, wo nicht ein Unfall sie daran verhinderte, ging ich, um einen Wagen zu bestellen, in dem ich Lady Glyde von der Eisenbahnstation abholen wollte, und befahl dem Kutscher, um zwei Uhr am Nachmittag des 26. vor meinem Hause zu halten. Nachdem ich mich überzeugt, daß man die Bestellung in's Buch eingeschrieben, ging ich, um mit Monsieur Rubelle meine Vorkehrungen zu treffen. Auch versicherte ich mich der Dienste zweier Herren, die mir die nöthigen Atteste des Wahnsinns ausstellten. Den einen derselben kannte ich persönlich; der andere war Monsieur Rubelle bekannt. Beide waren Männer, deren kräftige Geister sich hoch über engherzige Scrupel erhoben – Beide waren in einer augenblicklichen Verlegenheit – Beide glaubten an mich.

Es war bereits nach fünf Uhr Nachmittags, ehe ich von der Ausführung dieser Pflichten zurückkehrte. Als ich zu Hause anlangte, war Anna Catherick todt. Todt am 25., und Lady Glyde sollte erst am 26. in London eintreffen.

Ich war überwältigt. Man denke sich dies: Fosco überwältigt!

Es war zu spät, um umzukehren. Ehe ich noch heimgekommen war, hatte der Arzt diensteifrigerweise übernommen, nur alle Mühe zu ersparen, indem er gegangen war, den Sterbefall und das Datum desselben mit eigener Hand zu registriren. Mein großartiges Project, das bis hieher unangreifbar gewesen, hatte jetzt seine schwache Stelle – keine Bemühungen von meiner Seite konnten das unheilvolle Ereignis des 25. wieder gutmachen. Ich trat der Zukunft mannhaft entgegen. Da Percivals Interessen und die meinigen noch auf dem Spiele standen, blieb uns nichts weiter übrig, als dasselbe zu Ende zu führen.

Am Morgen des 26. erhielt ich Percivals Brief, der mir die Ankunft seiner Frau mit dem Mittagszuge ansagte. Madame Rubelle schrieb ebenfalls, und zwar, daß sie Abends ankommen werde. Ich fuhr in dem Wagen ab, um die echte Lady Glyde bei ihrer Ankunft um drei Uhr von der Station abzuholen, während die falsche Lady Glyde todt in meinem Hause lag. Unter dem Sitze des Wagens hatte ich die Kleider, die Anna Catherick getragen, als sie in unser Haus gekommen, mitgebracht, um die Auferstehung der verstorbenen in der Person der Lebenden zu bewirken. Welch eine Lage!

Lady Glyde war auf der Station. Es gab hier beim Zusammensuchen ihres Gepäckes großes Gedränge und mehr Verzug, als mir (in der Befürchtung, daß sich unter der Menge Bekannte von ihr finden möchten) lieb war. Ihre ersten Fragen, als wir abfuhren, waren flehende Bitten um Nachrichten über ihre Schwester. Ich erfand welche von der beruhigendsten Beschaffenheit, indem ich ihr die Versicherung gab, daß sie ihre Schwester in meinem Hause sehen werde. Mein Haus war bei dieser Gelegenheit in der Nähe vom Leicester-Platze und von Monsieur Rubelle bewohnt, welcher uns im Flur empfing.

Ich führte meinen Besuch in ein oberes Hinterzimmer, während die beiden Aerzte in der unteren Etage warteten, um die Patientin zu sehen und ihre Atteste zu schreiben. Nachdem ich Lady Glyde durch die nothwendigen Betheuerungen über ihre Schwester beruhigt, brachte ich meine Freunde einzeln in ihre Gegenwart. Sie machten die Formalitäten der Sache kurz, verständig und gewissenhaft durch. Ich ging wieder ins Zimmer, sobald sie dasselbe verlassen hatten, und beschleunigte sogleich den Gang der Ereignisse, indem ich Miß Halcombe's beunruhigenden Zustandes Erwähnung that.

Der Erfolg war, was ich erwartet hatte. Lady Glyde wurde ängstlich und ohnmächtig. Zum letzten Male rief ich die Wissenschaft zu Hilfe. Ein medicinisch versetztes Glas Wasser und Riechfläschchen ersparten ihr alle weitere Unannehmlichkeit und Unruhe. Eine zweite Dosis später Abends verschaffte ihr den unschätzbaren Genuß einer guten Nachtruhe. Madame Rubelle langte zur rechten Zeit an, um Lady Glyde's Toilette zu übernehmen. Ihre eigenen Kleider nahm man ihr Abends weg und die Anna Catherick's wurden ihr von den Händen der guten Rubelle mit der strengsten Beobachtung der Schicklichkeit am folgenden Margen angethan. Während des ganzen Tages erhielt ich unsere Patientin in einem Zustande theilweiser Bewußtlosigkeit, bis der geschickte Beistand meiner ärztlichen Freunde mir schon früher, als ich zu hoffen gewagt, den nothwendigen Befehl zur Aufnahme der Kranken verschaffte. Noch an diesem Abend (dem Abend des 27.) begleiteten Madame Rubelle und ich unsere falsche Anna Catherick nach der Irrenanstalt. Sie wurde dort mit großem Erstaunen, aber ohne allen Verdacht empfangen – Dank den Attesten, Percivals Briefen, der Aehnlichkeit und der Patientin eigener zeitweiliger Geistesverwirrung. Ich kehrte sofort, im Besitze der Kleider und Effecten der wahren Lady Glyde, zu der Gräfin zurück, um ihr bei den Vorbereitungen zur Beerdigung der falschen Lady Glyde zu helfen. Diese Effecten wurden später mit dem Fuhrwerke, welches zur Beerdigung benutzt wurde, nach Cumberland geschickt. Ich folgte dem Begräbnisse mit angemessener Würde und in den tiefsten Trauerkleidern.

Meine Erzählung dieser merkwürdigen Ereignisse, welche unter ebenso bemerkenswerten Verhältnissen geschrieben ist, schließt hiemit. Die kleineren Vorsichtsmaßregeln, welche ich in Limmeridge House beobachtete, sind bereits bekannt – ebenso der süperbe Erfolg meines Unternehmens – ebenso die soliden pecuniären Resultate desselben. Ich muß mit der ganzen Kraft meiner Ueberzeugung versichern, daß die eine schwache Stelle meines Projectes nie entdeckt worden wäre, falls ich nicht zuerst die eine schwache Stelle meines Herzens verrathen hätte. Nichts als meine unheilvolle Anbetung für Marianne hielt mich davon zurück, zu meinem eigenen Schutze herbeizueilen, als sie die Flucht ihrer Schwester bewirkte. Ich lief die Gefahr und baue auf die gänzliche Vernichtung der Identität von Lady Glyde. Falls entweder Marianne oder Mr. Hartright diese Identität zu behaupten wagten, so würden sie sich öffentlich der Beschuldigung aussetzen, daß sie einen entschiedenen Betrug unterstützten; man würde ihnen nicht geglaubt, sondern

Verdacht gegen sie geschöpft haben, und sie waren dann machtlos, mein Interesse oder Percivals Geheimnis in Gefahr zu bringen. Ich beging einen Irrthum, auf eine so blinde Berechnung von Zufälligkeiten zu bauen. Ich beging den zweiten, als Percival für seine Halsstarrigkeit und Heftigkeit gebüßt hatte, indem ich Lady Glyde eine zweite Gnadenfrist vom Irrenhause zu Theil werden ließ und Mr. Hartright eine zweite Gelegenheit gab, mir zu entwischen. Kurz, Fosco war während dieser ernsten Krisis sich selbst untreu. Beklagenswerthe, fehlerhafte Inconsequenz! Seht her und erkennet in Marianne Halcombe's Bilde – die erste und letzte Schwachheit in Fosco's Leben!

Noch ein Wort und dann soll die Aufmerksamkeit des Lesers (die sich in athemloser Spannung auf mich geheftet hat) freigegeben werden.

Meine eigene geistige Einsicht sagt mir, daß Leute von wißbegierigen Gemüthern hier unfehlbar zwei Fragen thun werden. Dieselben sollen genannt – sollen beantwortet werden.

Erste Frage. Was würde ich gethan haben, falls Anna Catherick nicht zu jener Zeit gestorben wäre? Ich hätte in diesem Falle der erschöpften Natur zur ewigen Ruhe verholfen. Ich hätte die Thore des Gefängnisses des Lebens geöffnet und der Gefangenen (die unheilbar am Geiste wie am Körper litt) eine glückliche Freiheit gegeben.

Zweite Frage. Nach einer ruhigen Uebersicht aller Umstände – verdient mein Verfahren ernstlichen Tadel? Ganz entschieden, Nein! Habe ich nicht sorgfältig vermieden, die Gehässigkeit eines unnöthigen Verbrechens auf mich zu laden? Mit meiner weiten Kenntnis der Chemie hätte ich Lady Glyde's Leben nehmen können. Mit ungeheuren persönlichen Opfern folgte ich den Hingebungen meines Scharfsinnes, meiner Humanität und meiner Vorsicht – und nahm ihr statt dessen ihre Identität. Man beurtheile mich nach dem, was ich hätte thun können, wie vergleichsweise unschuldig! wie indirect tugendhaft muß ich da erscheinen nach dem, was ich *that*!

Man empfange diese Zeilen als mein letztes Vermächtnis an das Land, welches ich auf immer verlasse. Sie sind der Gelegenheit würdig und eines

Fosco

Schluß der Erzählung von Walter Hartright.

I.

Als ich das letzte Blatt von des Grafen Handschrift zusammenlegte, war die halbe Stunde, welche ich mich verpflichtet hatte, in Forest Road zu bleiben, verflossen. Monsieur Rubelle sah auf seine Uhr und verbeugte sich. Ich stand sofort auf und ließ den Agenten im Besitze des leeren Hauses. Ich sah ihn niemals wieder, noch habe ich je weder von ihm noch seiner Frau etwas gehört. Aus den finsteren Nebenwegen der Schurkereien und des Betruges waren sie über unseren Pfad gekrochen – in dieselben Nebenwege krochen sie heimlich zurück und waren verschwunden.

In einer Viertelstunde, nachdem ich Forest Road verlassen, war ich zu Hause angelangt.

Wenige Worte genügten, um Laura und Mariannen zu erzählen, wie mein verzweifeltes Abenteuer geendet und was das nächste Ereignis unseres Lebens in Wahrscheinlichkeit sein werde. Ich sparte alle Einzelheiten bis später am Tage auf und eilte nach St. John's Wood zurück, um den Mann aufzusuchen, von dem Graf Fosco den Wagen gemiethet hatte, als er Laura von der Station abholte.

Die mir gegebene Adresse führte mich zu einem »Lohnkutscher«, der ungefähr eine Viertelmeile (engl.) von Forest Road wohnte. Der Mann erwies sich als höflich und achtbar. Als ich ihm verständlich machte, daß eine wichtige Familienangelegenheit mich zu der Bitte an ihn nöthige, daß er in seinen Büchern nachsehe, um ein Datum zu erfahren, von dem dieselben mich würden unterrichten können, zeigte er sich willig, mir meinen Wunsch zu gewähren. Das Buch wurde herbeigebracht und da unter dem Datum »den 26. Juli 1850« stand die Bestellung in diesen Worten:

»Brougham für Graf Fosco, 5, Forest Road. Zwei Uhr. (John Owen.)«

Ich erfuhr auf meine Frage, daß der Name »John Owen« der des Mannes war, welcher den Wagen gefahren hatte. Er war augenblicklich im Stallhofe beschäftigt und wurde auf mein Ersuchen herbeigerufen.

»Erinnern Sie sich, im Monat Juli vorigen Jahres einen Herrn von Nummer 5 Forest Road nach der Station der Waterloo-Brücke gefahren zu haben?« frug ich ihn.

»Nun, Sir,« sagte der Mann, »das kann ich gerade nicht sagen.«

»Vielleicht werden Sie sich des Herrn selbst erinnern? Entsinnen Sie sich, vorigen Sommer einen Ausländer gefahren zu haben – einen großen Herrn, der ganz besonders corpulent war?«

Des Mannes Gesicht erhellte sich sofort. »Ich erinnere mich, Sir! Der dickste Herr, den ich im ganzen Leben gesehen – und der schwerste Kunde, den ich je gefahren habe, Ja, ja, jetzt erinnere ich mich an ihn, Sir. Ja, gewiß fuhren wir nach der Station und es war von Forest Road aus. Es war ein Papagei oder so was, das im Fenster kreischte. Der Herr war in einer ganz erschrecklichen Eile, um das Gepäck der Dame zusammenzubringen, und gab mir ein hübsches Trinkgeld, damit ich schnell die Koffer zusammensuchte.«

Die Koffer! Ich entsann mich augenblicklich, daß nach Lauras eigener Erzählung über ihre Ankunft in London ihr Gepäck von Jemandem besorgt wurde, den der Graf mitgebracht hatte. Dies war also der Mann.

»Sahen Sie die Dame?« frug ich ihn. »wie sah sie aus? War sie jung oder alt?«

»Ja nun, Sir, in der Eile und dem Gestoße kann ich nicht sagen, daß ich die Dame ordentlich gesehen hätte. Ich kann mich an nichts mehr von ihr erinnern – außer ihrem Namen.«

»Sie erinnern sich ihres Namens?«

»Ja, Sir. Ihr Name war Lady Glyde.«

»Wie kommen Sie dazu, das behalten zu haben, wenn Sie vergessen hatten, wie sie aussah?«

Der Mann lächelte und bewegte verlegen die Füße.

»Nun, Sir, um Ihnen die Wahrheit zu sagen,« sagte er, »ich hatte mich damals gerade erst verheiratet, und der Name meiner Frau, ehe sie den meinigen dafür annahm, war derselbe, als der von der Dame – ich meine Glyde, Sir. Die Dame sprach ihn selber aus. »Ist Ihr Name auf dem Gepäck, Madame?« frug ich sie. ›Ja,‹ sagte sie,

›der Name steht auf dem Gepäck – Lady Glyde,‹ Na! sagte ich noch zu mir selbst, du hast sonst ein schlechtes Gedächtnis für vornehmer Leute Namen – aber dieser kommt wie ein alter Freund. Ich kann nicht genau sagen, wann es war, Sir; es mag beinahe ein Jahr her sein, oder auch noch nicht so lange. Aber auf den dicken Herrn kann ich schwören und auf den Namen der Dame auch.«

Es war unnöthig, daß er sich der Zeit erinnerte, denn das Datum war positiv in seines Herrn Bestellbuche angegeben. Ich fühlte augenblicklich, daß ich jetzt die Mittel besaß, um mit einem einzigen Schlage den ganzen Verrath mit der unwiderstehlichen Waffe erwiesener Thatsache zu Boden zu schlagen. Ohne auch nur einen Augenblick zu zögern, nahm ich den Herrn des Kutschers auf die Seite und machte ihn mit der großen Wichtigkeit des Zeugnisses in seinem Bestellbuche und dem des Kutschers bekannt. Ich nahm eine Abschrift von dem in dem Buche Eingetragenen, welche dann der Lohnkutscher selbst als wahr bezeugte und unterzeichnete.

Ich hatte setzt alle Papiere, deren ich bedurfte, in meinem Besitze; denn des Registrars eigens Abschrift des Todtenscheines, sowie Sir Percivals Brief an den Grafen befanden sich in meinem Taschenbuche.

Mit diesen geschriebenen Beweisen und den Antworten des Kutschers frisch im Gedächtnisse wandte ich mich zum ersten Male nach dem Beginne aller meiner Nachforschungen wieder nach Kyrle's Expedition. Einer meiner Zwecke, indem ich ihm diesen Besuch machte, war natürlich der, ihm zu erzählen, was ich gethan hatte. Der zweite aber war der, ihm meinen Entschluß, meine Frau am folgenden Morgen mit nach Limmeridge House zu nehmen, anzukündigen, damit sie dort öffentlich in ihres Onkels Hause empfangen und anerkannt würde. Ich überließ es Mr. Kyrle, zu entscheiden, ob er als Anwalt der Familie und im Interesse derselben genöthigt sei, bei der Gelegenheit zugegen zu sein oder nicht.

Ich sage nichts von Mr. Kyrle's unbegrenztem Erstaunen, noch von den Ausdrücken, in denen er sich über mein Betragen von den ersten Stadien meiner Nachforschungen bis zu den letzten aussprach. Ich brauche hier nur zu erwähnen, daß er sofort einwilligte, uns nach Cumberland zu begleiten.

Wir reisten am folgenden Morgen mit dem Frühzuge ab. Laura, Marianne, Mr. Kyrle und ich in einem Wagen, und John Owen der Kutscher, in Begleitung eines Schreibers aus Mr. Kyrle's Expedition in einem anderen. Auf der Station von Limmeridge angelangt, gingen wir zunächst nach Todd's Ecke. Ich war fest entschlossen, daß Laura ihres Onkels Haus nicht eher betreten sollte, als bis sie dies öffentlich als seine Nichte anerkannt thun konnte. Ich überließ es Mariannen, sich mit Mrs. Todd über die Frage des Unterbringens zu einigen, und kam mit ihrem Manne überein, daß John Owen der Gastfreundschaft der Gehöftsknechte übermacht werde. Nachdem diese Einleitungen getroffen waren, begaben Mr. Kyrle und ich uns nach Limmeridge House.

Mr. Fairlie versuchte, uns nach seiner gewohnten Weise zu behandeln, wir ließen seine höfliche Impertinenz zu Anfang des Begegnens unbemerkt, wir hörten ohne Theilnahme seine Betheuerungen an, daß die Enthüllungen über den Verrath ihn überwältigt hätten. Er winselte und wimmerte zuletzt förmlich wie ein verzogenes Kind, »Wie konnte er wissen, daß seine Nichte lebte, wenn man ihm gesagt hatte, sie sei todt? Er wolle die liebe Laura mit Freuden willkommen heißen, wenn wir ihm nur Zeit lassen wollten, sich zu erholen. Ob wir fänden, daß er wie ein Mann aussehe, den man in sein Grab zu treiben habe? Nein. Also wozu dies da thun?« Er wiederholte diese Gegenvorstellungen bei jeder geringsten Gelegenheit, bis ich denselben ein- für allemal Einhalt that, indem ich ihn entschieden zwischen zwei unvermeidliche Alternativen stellte. Ich ließ ihm die Wahl, ob er seiner Nichte nach meinen Bedingungen Gerechtigkeit angedeihen lassen – oder sich den Folgen einer öffentlichen Behauptung ihrer Existenz in einem Gerichtshofe aussetzen wolle. Mr. Kyrle, an den er sich um Beistand wandte, sagte ihm unumwunden, daß er die Frage ein- für allemal auf der Stelle zu entscheiden habe. Indem er auf charakteristische Weise diejenige Alternative wählte, welche ihm die schnellste Befreiung von aller persönlichen Unbequemlichkeit versprach, gab er mit einem plötzlichen Anfalle von Energie zu verstehen, daß er nicht kräftig genug sei, um noch ferner auf sich einpoltern zu lassen und daß wir thun könnten, was wir wollten.

Mr. Kyrle und ich gingen sofort hinunter und faßten eine Art Rundschreiben an alle Pächter des Gutes ab, welche das Begräbnis begleitet hatten, in welchem wir sie in Mr. Fairlie's Namen aufforderten, sich am zweiten Tage von da ab in Limmeridge House zu versammeln. Zugleich wurde nach Carlisle geschickt, um von einem Bildhauer einen Mann zu bestellen, der eine Inschrift auskratzte. Mr. Kyrle, der im Hause wohnte, unterzog sich der Pflicht, Mr. Fairlie diese Briefe vorzulesen und sie ihn mit eigener Hand unterzeichnen zu lassen.

Ich brachte den zwischenliegenden Tag auf dem Gehöfte und damit zu, daß ich eine kurze, deutliche Erzählung des Bubenstückes aufsetzte, zu der ich noch eine Aufzählung der praktischen Widersprüche hinzufügte, welche sich der Behauptung von Lauras Tode entgegenstellten. Ich legte dieselbe dann Mr. Kyrle zur Durchsicht vor, ehe ich sie am folgenden Tage den Leuten vorlesen würde. Nachdem Alles angeordnet, wollte Mr. Kyrle zunächst von Lauras Vermögensangelegenheit sprechen. Da ich von diesen Angelegenheiten nichts wußte, noch zu wissen wünschte und sehr bezweifelte, ob Mr. Kyrle als Geschäftsmann mein Verfahren in Bezug auf meiner Frau Nießbrauch des Legates an die Gräfin Fosco billigen würde, bat ich ihn, mich zu entschuldigen, wenn ich auf den Gegenstand nicht einginge.

Meine letzte Arbeit, ehe der Abend zu Ende ging, war die, daß ich eine Abschrift von der Inschrift über dem Grabe nahm, ehe dieselbe ausgekratzt sein würde.

Der Tag kam – der Tag, an dem Laura endlich wieder das alte, wohlbekannte Frühstückszimmer in Limmeridge House betrat. Alle Anwesenden erhoben sich von ihren Plätzen, als Marianne und ich sie hereinführten. Offenbare Ueberraschung und hörbare Theilnahme ließ sich beim Anblicke ihres Gesichtes unter ihnen vernehmen. Mr. Fairlie war (auf meine ausdrückliche Forderung) an Mr. Kyrle's Seite zugegen. Sein Kammerdiener stand mit einem Riechfläschchen in der einen und einem in *Eau de Cologne* getränkten Battisttuche in der anderen Hand hinter ihm.

Ich eröffnete das Verfahren, indem ich Mr. Fairlie öffentlich aufforderte, zu sagen, ob ich mit seiner Erlaubnis und ausdrücklichen Bewilligung hier sei. Mr. Kyrle und der Diener halfen ihm, sich auf den Beinen aufrecht zu halten, und er drückte sich dann folgendermaßen aus: »Man erlaube mir, Mr. Hartright vorzustellen. Ich bin noch immer so leidend wie je, und er wird die große Freundlichkeit haben, für mich zu sprechen. Der Gegenstand ist ein unbeschreiblich peinlicher. Ich bitte, daß man ihn anhöre – und keinen Lärm mache!« Mit diesen Worten sank er langsam in seinen Armstuhl zurück und nahm seine Zuflucht zu seinem parfumirten Taschentuche.

Hierauf folgte die Enthüllung des ganzen Complots – nachdem ich zuvor in möglichst kurzen, klaren Worten meine vorläufigen Erklärungen gegeben. Ich unterrichtete meine Zuhörer, daß ich hier sei, um ihnen zu erklären, daß meine Frau – die augenblicklich an meiner Seite sitze – die Tochter des verstorbenen Mr. Philipp Fairlie sei; zweitens, um ihnen durch positive Thatsachen zu beweisen, daß das Begräbnis, dem sie im Friedhofe zu Limmeridge beigewohnt, das einer anderen Person gewesen, und drittens, um ihnen eine deutliche Erzählung von dem ganzen Hergange der Sache zu geben. Ich las ihnen dann die Erzählung des Complots vor, indem ich hauptsächlich den pecuniären Beweggrund desselben hervorhob, um meine Mittheilung nicht durch unnöthige Nennung von Sir Percivals Geheimnisse verwickelt zu machen. Dann erinnerte ich meine Zuhörer an das in der Inschrift angegebene Datum (den 25.) und bestätigte die Richtigkeit desselben, indem ich den Todtenschein vorzeigte. Hierauf las ich ihnen Sir Percivals Brief vom 25. vor, in welchem er die Reise seiner Frau von Hampshire nach London für den 26. ankündigte, und bewies zunächst nach dem Zeugnisse des Kutschers, daß sie die Reise gemacht, und zwar laut Ausweis des Bestellbuches des Lohnkutschers an dem genannten Tage. Marianne fügte dann ihre eigene Erzählung von ihrem Begegnen mit ihrer Schwester in dem Irrenhause und von der Flucht derselben hinzu, worauf ich die Sitzung damit schloß, daß ich die Anwesenden in Mr. Fairlie's Beisein von Sir Percivals Tode und meiner Vermählung in Kenntnis setzte.

Mr. Kyrle erhob sich und erklärte als gerichtlicher Anwalt der Familie, daß ich meine Sache durch die klarsten Beweise dargethan, die ihm je im Leben vorgekommen, während er sprach, legte ich meinen Arm um Lauras Schulter und erhob sie so, daß sie Allen im Zimmer gleich sichtbar war. »Sind Alle hier derselben Ansicht?« frug ich, auf meine Frau deutend und indem ich ein paar Schritte in's Zimmer hineinthat.

Die Wirkung dieser Frage war eine elektrische. Ganz unten am Ende des Zimmers sprang einer der ältesten Pächter des Gutes auf und riß im Augenblicke alle Uebrigen mit sich fort. Ich sehe den Mann noch jetzt, mit seinem ehrlichen braunen Gesichte und seinem eisengrauen Haar, im Fenster stehend, seine schwere Reitpeitsche über dem Kopfe schwenkend und in lautes »Hurrah!« ausbrechend. »Da ist sie ja! frisch und lebendig – Gott segne sie! schrei't, Jungens! schrei't!« Das donnernde Hurrah, das auf seine Aufforderung folgte und wieder und nochmals wiederholt wurde, war die lieblichste Musik, die ich je gehört habe. Die Arbeiter aus dem Dorfe und die Knaben aus der Schule, die sich vor dem Hause versammelt hatten, fingen den Jubel auf und gaben ihn im lauten Echo wieder. Die Pächterfrauen drängten sich um Laura und wetteiferten, wer zuerst ihre Hände fassen und küssen sollte. Laura war so vollkommen überwältigt, daß ich genöthigt war, sie ihnen fortzunehmen und an die Thür zu führen. Hier übergab ich sie Mariannen – Mariannen, die uns noch nie im Stiche gelassen und deren muthige Fassung uns auch jetzt getreu blieb. Da ich an der Thür allein geblieben, forderte ich alle Anwesenden (nachdem ich ihnen in Lauras und in meinem Namen gedankt) auf, mich nach dem Friedhofe zu begleiten und Zeugen zu sein, wie die falsche Inschrift von dem Grabsteine vertilgt würde.

Alle verließen das Haus und schlossen sich den Dorfleuten an, die sich um das Grab versammelt hatten, an welchem der Arbeiter des Bildhauers uns erwartete. In athemloser Stille erschallte der erste scharfe Hieb des Stahls auf dem Marmor. Keine Stimme ließ sich hören, keine Seele rührte sich, bis jene drei Worte: Laura, Lady Glyde« verschwunden waren. Dann vernahm man eine große Bewegung unter der Menge, wie wenn sie gefühlt hätte, daß jetzt das letzte Glied der langen Kette des Complots zerbrochen – worauf sie auseinanderging. Es war spät am Nachmittag, ehe die ganze Inschrift ausgekratzt war. Nur eine Zeile trat später an ihre Stelle:

» *Anna Catherick, den 25. Juli 1850*«

Mr. Kyrle, sein Schreiber und der Kutscher fuhren mit dem Abendzuge nach London zurück. Nach ihrer Abreise überbrachte man mir eine impertinente Botschaft von Mr. Fairlie – der beim ersten Hurrahrufen, das meinem Aufrufe an die Pächter gefolgt

145

war, mit erschütterten Nerven aus dem Zimmer geschafft worden. »Mr. Fairlie's besten Glückwünsche und er bitte, daß wir ihn wissen lassen wollten, ob wir im Hause zu bleiben beabsichtigten.«Ich ließ ihm wieder sagen, daß der einzige Zweck, um dessentwillen wir sein Haus betreten, erfüllt sei; daß ich in Niemandes Hause als meinem eigenen zu bleiben beabsichtige und daß Mr. Fairlie sich aller Furcht entschlagen möge, uns jemals wiederzusehen oder von uns zu hören, wir kehrten für die Nacht zu unseren Freunden auf dem Gehöfte zurück und am folgenden Morgen kehrten wir, indem uns das ganze Dorf und alle Pächter der Umgegend mit dem größten Enthusiasmus und dem herzlichsten Wohlwollen bis an die Station begleiteten, nach London zurück.

Als die Hügel Cumberlands in blauer Ferne unseren Blicken entschwanden, gedachte ich der ersten entmuthigenden Umstände, unter welchen der lange Kampf, der jetzt überstanden war, begonnen worden. Es war seltsam, zurückzublicken und zu sehen, daß die Armut, welche uns alle Hoffnung auf Beistand genommen, das indirecte Mittel zu unserem Erfolgs gewesen, indem sie mich gezwungen hatte, selbst zu handeln, wären wir reich genug gewesen, um gerichtliche Hilfe zu suchen, was wäre da wohl der Erfolg gewesen? Mr. Kyrle selbst hatte mir gezeigt, daß der Gewinn mehr als zweifelhaft gewesen wäre – der Verlust – wenn man nach dem urtheilte, was sich in Wirklichkeit zugetragen – gewiß. Das Gesetz hätte mir niemals eine Unterredung mit Mrs. Catherick verschafft. Das Gesetz hätte niemals aus Pesca das Mittel gemacht, um den Grafen zu einem Bekenntnisse zu zwingen.

II.

Es bleiben mir noch zwei Ereignisse zur Vervollständigung der
Kette zu berichten übrig, bis dieselbe vollkommen vom Beginne der
Geschichte bis zu ihrem Ende reicht.

Während das neue Gefühl unserer Freiheit nach dem langen Dru-
cke der Vergangenheit uns noch ungewohnt war, ließ mich der
Freund, von dem ich meine erste Beschäftigung im Holzschnitte
erhalten, zu sich rufen, um mir ein neues Zeichen seiner Theilnahme an meiner Wohlfahrt zu geben. Er hatte von seinen Vorgesetzten
Auftrag erhalten, nach Paris zu gehen, um seine französische Erfin-
dung in der praktischen Anwendung seiner Kunst zu prüfen, deren
Verdienste zu kennen ihnen besonders angelegen war. Seine eigenen Beschäftigungen hatten ihm nicht die Muße gelassen, den Auftrag selbst zu übernehmen und er hatte deshalb freundlicherweise
mich in Vorschlag gebracht. Ich konnte keinen Augenblick zögern,
das Anerbieten dankbar anzunehmen; denn falls ich mich des Auf-
trages in einer Weise entledigte, wie ich es hoffte, so würde der
Erfolg eine permanente Anstellung bei der ilustrirten Zeitschrift
sein, für die ich jetzt nur gelegentliche Aufträge erhielt.

Ich erhielt meine Instructionen und packte ein, um am folgenden
Tage zu reisen. Als ich Laura abermals (unter wie veränderten Verhältnissen!) unter der Obhut ihrer Schwester zurückließ, fiel mir
eine ernste Betrachtung ein, die sowohl mir wie meiner Frau schon
zu wiederholten Malen gekommen war – ich meine der Gedanke an
Mariannens Zukunft. Hatten wir irgendwie ein Recht, in unserer
selbstischen Liebe das Opfer dieses großmüthigen Lebens anzunehmen? war es nicht unsere Pflicht – die beste Kundgebung unserer Dankbarkeit, uns selbst zu vergessen und nur an *sie* zu denken?
Ich versuchte, ihr dies zu sagen, als wir beim Abschiede einen Augenblick allein waren. Sie nahm meine Hand und brachte mich bei
den ersten Worten zum Schweigen.

»Nach Allem, was wir Drei zusammen gelitten haben,« sagte sie,
»kann zwischen uns von keiner Trennung die Rede sein bis zu jener
allerletzten. Mein Herz und mein Glück, Walter, sind bei Laura und
bei dir. Warte eine kleine Weile, bis wir an deinem Herde Kinder-
stimmen hören. Ich will sie lehren, in *ihrer* Sprache für mich zu

sprechen, und das Erste, was sie zu ihrem Vater und ihrer Mutter sagen lernen werden, soll dies sein: Wir können unsere Tante nicht missen!«

Ich trat meine Reise nach Paris nicht allein an. Pesca entschloß sich noch im letzten Augenblicke, mich zu begleiten. Er hatte seit jenem Abende in der Oper noch immer nicht seine gewohnte Heiterkeit wiedergefunden und wollte daher versuchen, ob nicht eine kurze Ferienreise ihm dazu verhelfen werde.

Ich richtete den mir anvertrauten Auftrag aus und setzte am vierten Tage nach meiner Ankunft in Paris den notwendigen Bericht darüber auf. Den fünften Tag bestimmte ich den Sehenswürdigkeiten in Pesca's Gesellschaft.

Unser Gasthof war zu voll gewesen, um uns Beide in derselben Etage aufzunehmen. Mein Zimmer war in der zweiten Etage, und Pesca's über mir in der dritten. Am Morgen des fünften Tages ging ich hinauf, um zu sehen, ob er bereit sei. Gerade als ich oben am Vorsaal anlangte, sah ich, daß seine Thür von innen geöffnet wurde; eine lange, schmale, nervöse Hand (durchaus nicht die Hand meines Freundes) hielt sie halb geöffnet. Zu gleicher Zeit hörte ich Pesca's Stimme in leisen, eifrigen Tönen und in seiner Muttersprache sagen:»Ich erinnere mich des Namens, aber ich kenne den Mann nicht. Sie sahen selbst in der Oper, daß er so verändert war, daß ich ihn nicht erkannte. Ich will den Bericht absenden – weiter vermag ich nichts.«

Die Thür öffnete sich weit und der blonde Herr mit der Narbe auf der Wange – der Mann, den ich vor einer Woche dem Fiaker des Grafen hatte folgen sehen – kam heraus. Er verbeugte sich, als ich auf die Seite trat, um ihn vorbeizulassen – sein Gesicht war von einer furchtbaren Blässe, und er hielt sich fest am Geländer, als er die Treppe hinunterging.

Ich öffnete die Thür und trat in Pesca's Zimmer. Er kauerte auf höchst seltsame Weise in einer Ecke des Sophas und schien vor mir zurückzuweichen, als ich zu ihm herantrat.

»Störe ich dich?« frug ich, »ich wußte nicht, daß ein Freund bei dir war, bis ich ihn herauskommen sah.«

»Kein Freund,« sagte Pesca eifrig, »ich sehe ihn heute zum ersten Male.«

»Ich fürchte, er hat dir schlimme Nachrichten gebracht.«

»Fürchterliche Nachrichten, Walter! Laß uns nach London zurückkehren – ich mag hier nicht länger bleiben – ich bereue, daß ich überhaupt kam. Die Irrthümer meiner Jugend rächen sich sehr bitter an mir,« sagte er, das Gesicht nach der Wand wendend, »sehr, sehr bitter in meinen alten Tagen. Ich suche sie zu vergessen, aber sie wollen *mich* nicht vergessen!«

»Ich fürchte, wir können vor Nachmittag nicht reisen,« entgegnete ich. »Willst du nicht inzwischen mit mir ausgehen?«

»Nein, lieber Freund; ich will hier warten. Aber laß uns heute zurückkehren – bitte, laß uns heute zurückkehren!«

Ich verließ ihn mit der Versicherung, daß er Paris noch an demselben Nachmittag verlassen solle, wir hatten am vorigen Abend beschlossen, den Thurm von Notre-Dame mit Victor Hugo's herrlichem Romane als Führer zu besteigen. Es gab in der französischen Hauptstadt nichts, das ich mich mehr zu sehen sehnte – und ich machte mich daher allein auf den Weg.

Indem ich meinen Weg am Flusse entlang nahm, kam ich an jenem entsetzlichen Beinhause von Paris vorüber – La Morgue. Eine große Menschenmasse drängte sich vor der Thür. Es war drinnen offenbar etwas, das die Neugierde des Volkes erregte.

Ich hätte meinen Weg nach der Kirche fortgesetzt, wenn mich nicht die Unterhaltung zweier Männer und einer Frau aufmerksam gemacht hätte. Sie waren eben aus der Morgue gekommen, wo sie die Leiche gesehen hatten, und die Beschreibung, welche sie ihren Nachbarn von derselben gaben, war die eines Mannes von ungeheurem Umfange und mit einer seltsamen Brandmarke am Oberarme.

Sowie ich die Worte hörte, stand ich still und mischte mich dann unter die Menge, welche hineinging. Eine undeutliche Ahnung von der Wahrheit hatte mich durchfahren, als ich Pesca's Stimme durch die geöffnete Thür hindurch gehört und darauf das Gesicht des Fremden gesehen hatte, der auf der Treppe an mir vorbeiging. Jetzt war mir die Wahrheit selbst verrathen – in den zufälligen Worten, die ich soeben gehört! Eine andere Rache, als die meinige, hatte den vom Schicksal verurtheilten Mann von der Oper bis an sein Haus, von seiner eigenen Thür bis nach seinem Zufluchtsorte in Paris verfolgt. Eine andere Rache, als die meinige, hatte ihn zur Rechenschaft gezogen und ihn mit dem Leben büßen lassen. Der Augenblick, wo ich ihn Pesca im Theater gezeigt, wo der Fremde an unserer Seite, der ihn ebenfalls suchte, mich gehört hatte, war der Augenblick gewesen, der sein Urtheil gefällt.

Langsam, Zoll für Zoll, drängte ich mich mit der Menge hinein, dem großen Fensterschirme immer näher, der in der Morgue die Todten von den Lebenden trennt – immer näher, bis ich dicht hinter der zweiten Zuschauerreihe stand und hineinsehen konnte.

Da lag er, unerkannt und ungefordert; der leichtfertigen Neugierde eines französischen Pöbels preisgegeben! Dies war das furchtbare Ende jenes langen Lebens entwürdigter Fähigkeiten und herzloser Verbrechen. Schweigend in der erhabenen Ruhe des Todes, lag das große, massive, feste Gesicht und Haupt so großartig vor uns, daß die plappernden französischen Weiber um mich her voll Bewunderung die Hände erhoben und in gellendem Chore: » *Ah, quel bel homme!* « ausriefen. Die Wunde, die ihn getödtet, war entweder mit einem Messer oder einem Dolche gerade über dem Herzen geschlagen worden. Es ließen sich keine anderen Spuren von Gewalttätigkeit am Körper wahrnehmen, ausgenommen auf dem linken Arme; auf demselben, genau an derselben Stelle, wo ich auf Pesca's Arme die Brandmarke gesehen, sah man zwei tiefe Einschnitte, in Form des Buchstaben *T*, welche vollkommen das Zeichen der »Verbindung« entstellten. Seine Kleider, welche über ihm aufgehangen waren, bewiesen, daß er sich selbst seiner Gefahr bewußt gewesen – es war die Verkleidung eines französischen Handwerkers. Ein paar Secunden lang vermochte ich es über mich, alle diese Dinge durch den Glasschirm zu betrachten. Ich kann nichts Ferneres über sie berichten, denn ich sah nichts weiter ...

Die wenigen Thatsachen in Bezug auf seinen Tod, deren ich später habhaft wurde (zum Theil durch Pesca und zum Theil aus anderen Quellen), können gleich hier mitgetheilt werden, ehe der Gegenstand ganz aus diesen Blättern verschwinden wird.

Sein Körper wurde in der Verkleidung, die ich beschrieben habe, aus der Seine genommen, jedoch nichts bei ihm entdeckt, das seinen Namen, Stand oder Wohnort angegeben hätte. Die Hand, die ihn erschlug, wurde nie entdeckt, und die Umstände seines Todes blieben ein Geheimnis. Ich überlasse es Anderen, in Bezug auf den Mord ihre eigenen Schlüsse zu ziehen, wie ich die meinigen gezogen habe, wenn ich sage, daß der Fremde mit der Narbe ein Mitglied der Verbindung war und ferner hinzufüge, daß die beiden Schnitte im Arme des Ermordeten das italienische Wort *Traditore* bedeuteten und anzeigten, daß die »Verbindung« Gerechtigkeit an einem Verräther ausgeübt, so habe ich das Meinige gethan, um das Geheimnis von Graf Fosco's Tode aufzuklären.

Die Leiche wurde am Tage, nachdem ich sie gesehen, durch einen anonymen Brief an seine Gemahlin identificirt. Die Gräfin ließ ihn im Père la Chaise beerdigen und bis auf diesen Tag werden von der Gräfin eigenen Händen täglich frische Blumenkränze auf das zierliche Bronzegitter seines Grabes gehangen. Sie lebt in der größten Zurückgezogenheit in Versailles, vor nicht langer Zeit gab sie eine Biographie ihres verstorbenen Gemahls heraus. Das Werk wirft nicht das geringste Licht auf den Namen, der in Wirklichkeit der seinige war, oder auf die geheime Geschichte seines Lebens; es beschäftigt sich fast ausschließlich mit dem Lobe seiner häuslichen Tugenden, der Aufzählung seiner seltenen Fähigkeiten und der Ehrenbezeugungen, die ihm zu Theil geworden. Die Umstände seines Todes sind sehr kurz angegeben und in dem letzten Satze in Folgendes zusammengefaßt: »Sein Leben war eine lange Behauptung der Rechte der Aristokratie und der heiligen Grundsätze der Ordnung – und er starb als Märtyrer für seine Sache.«

III.

Sommer und Herbst vergingen nach meiner Heimkehr aus Paris und brachten keine Veränderungen mit sich, deren hier Erwähnung gethan zu werden brauchte, wir leben so einfach und so ruhig, daß der Verdienst, welchen ich jetzt ununterbrochen einnahm, für alle unsere Bedürfnisse ausreichte.

Im Februar des neuen Jahres wurde unser erstes Kind – ein Sohn – geboren. Meine Mutter, meine Schwester und Mrs. Vesey waren unsere Gäste in der kleinen Taufgesellschaft, und Mrs. Clements war bei derselben Gelegenheit zur Hilfe meiner Frau zugegen. Marianne war unseres Knaben Pathe, sowie Pesca und Mr. Gilmore (der letztere durch seinen Stellvertreter). Ich kann gleich hier bemerken, daß Mr. Gilmore, als er ein Jahr später zu uns zurückkehrte, zur Vervollständigung dieser Blätter beitrug, indem er auf mein Ersuchen die Aussage schrieb, welche am Anfange dieser Erzählung unter seinem Namen erschien, und die, obgleich der Reihenfolge nach die erste, doch die letzte war, die ich erhielt.

Das einzige Ereignis unseres Lebens, das mir jetzt noch mitzutheilen übrig bleibt, trug sich zu, als unser kleiner Walter sechs Monate alt war.

Ich wurde um diese Zeit nach Irland geschickt, um für das Blatt, bei welchem ich jetzt angestellt war, gewisse Skizzen anzufertigen. Ich war beinahe vierzehn Tage abwesend, während welcher ich unausgesetzt mit meiner Frau und Marianne correspondirte, ausgenommen während der letzten drei Tage, wo mein Aufenthalt an einem Orte zu kurz und unsicher war, um Briefe zu empfangen. Ich machte den letzten Theil meiner Reise in der Nacht und als ich Morgens in meinem Hause anlangte, war zu meinem unbeschreiblichen Erstaunen Niemand da, um mich zu empfangen. Laura, Marianne und das Kind hatten es am Tage vor meiner Ankunft verlassen.

Ein Billett von meiner Frau, das die Magd mir übergab, vergrößerte mein Erstaunen durch die Nachricht, daß sie nach Limmeridge House gereist seien. Marianne hatte ihr untersagt, mir die geringste schriftliche Aufklärung zu geben – ich wurde gebeten, ihnen im selben Augenblicke, wo ich zurückkehrte, nachzureisen – es erwartete mich vollständige Aufklärung in Limmeridge – und man verbot mir, mich inzwischen im mindesten zu beunruhigen. Damit endete das Billet.

Es war noch früh genug, um mit dem Frühzuge abzureisen, und ich langte noch am Nachmittag in Limmeridge House an.

Meine Frau und Marianne waren Beide oben. Sie hatten sich (um mein Erstaunen noch zu vergrößern) in dem kleinen Zimmer niedergelassen, das mir einst als Atelier angewiesen worden. Auf demselben Stuhle, auf dem ich früher zu arbeiten pflegte, saß jetzt Marianne mit dem Kinde auf dem Schoße, das emsig an seinem Korallenringe zog – während Laura an dem wohlbekannten Zeichentische stand, an dem ich so viele Stunden beschäftigt gewesen – und das kleine Album, das ich in vergangenen Tagen für sie gefüllt, offen in der Hand hielt.

»Was in aller Welt hat euch hieher geführt?« rief ich aus. »Weiß Mr. Fairlie –«

Marianne ließ mich nicht aussprechen, sondern benachrichtigte mich, daß Mr. Fairlie todt sei. Er hatte einen Schlagflußanfall gehabt und sich nicht wieder davon erholt. Mr. Kyrle hatte sie von seinem Tode in Kenntnis gesetzt und ihnen gerathen, sich sofort nach Limmeridge zu begeben.

Ein matter Schimmer, wie von einer großen Veränderung tauchte in meinem Geists auf. Laura sprach, ehe ich mir noch klar geworden war. Sie schlich dicht an mich heran, um sich an dem Erstaunen zu werden, das in meinem Gesichte ausgedrückt war.

»Mein Herzens-Walter,« sagte sie, »müssen wir dir wirklich erklären, wie wir hieher kommen? Ich fürchte, liebes Herz, ich kann dies nur thun, indem ich unsere alte Regel verletze und von der Vergangenheit spreche.«

»Dazu ist nicht die geringste Nothwendigkeit vorhanden,« sagte Marianne, »wir können die Sache ganz ebenso deutlich und viel interessanter machen, indem wir von der Zukunft sprechen.« Sie stand auf und hielt das strampelnde, lachende Kind in ihren Armen empor, »weißt du, wer dies ist, Walter?« frug sie, indem die hellen Thränen des Glückes ihre Augen füllten.

»Selbst meine Verblüfftheit hat ihre Grenzen,« entgegnete ich. »Ich glaube, ich bin noch im Stande, mein eigenes Kind zu erkennen.«

»Kind!« rief sie mit all der leichten Fröhlichkeit früherer Zeiten aus. »Sprichst du auf diese familiäre Weise von einem der Grundeigenthümer Englands? Weißt du, wenn ich dir diesen erlauchten Säugling zeige, in wessen Gegenwart du dich befindest? Mir scheint, nicht! Erlaube mir, zwei ausgezeichnete Persönlichkeiten einander vorzustellen: Mr. Walter Hartright – *der Erbe von Limmeridge.*«

So sprach sie. Mit diesen letzten Worten habe ich Alles geschrieben. Die Feder zittert in meiner Hand; die lange, glückliche Arbeit vieler Monde ist vollendet! Marianne war der gute Engel unseres Lebens – Marianne schließe unsere Geschichte.

Ende.

Über tredition

Eigenes Buch veröffentlichen

tredition wurde 2006 in Hamburg gegründet und hat seither mehrere tausend Buchtitel veröffentlicht. Autoren veröffentlichen in wenigen leichten Schritten gedruckte Bücher, e-Books und audio-Books. tredition hat das Ziel, die beste und fairste Veröffentlichungsmöglichkeit für Autoren zu bieten.

tredition wurde mit der Erkenntnis gegründet, dass nur etwa jedes 200. bei Verlagen eingereichte Manuskript veröffentlicht wird. Dabei hat jedes Buch seinen Markt, also seine Leser. tredition sorgt dafür, dass für jedes Buch die Leserschaft auch erreicht wird.

Im einzigartigen Literatur-Netzwerk von tredition bieten zahlreiche Literatur-Partner (das sind Lektoren, Übersetzer, Hörbuchsprecher und Illustratoren) ihre Dienstleistung an, um Manuskripte zu verbessern oder die Vielfalt zu erhöhen. Autoren vereinbaren direkt mit den Literatur-Partnern die Konditionen ihrer Zusammenarbeit und partizipieren gemeinsam am Erfolg des Buches.

Das gesamte Verlagsprogramm von tredition ist bei allen stationären Buchhandlungen und Online-Buchhändlern wie z. B. Amazon erhältlich. e-Books stehen bei den führenden Online-Portalen (z. B. iBookstore von Apple oder Kindle von Amazon) zum Verkauf.

Einfach leicht ein Buch veröffentlichen: **www.tredition.de**

Eigene Buchreihe oder eigenen Verlag gründen

Seit 2009 bietet tredition sein Verlagskonzept auch als sogenanntes "White-Label" an. Das bedeutet, dass andere Unternehmen, Institutionen und Personen risikofrei und unkompliziert selbst zum Herausgeber von Büchern und Buchreihen unter eigener Marke werden können. tredition übernimmt dabei das komplette Herstellungs- und Distributionsrisiko.

Zahlreiche Zeitschriften-, Zeitungs- und Buchverlage, Universitäten, Forschungseinrichtungen u.v.m. nutzen diese Dienstleistung von tredition, um unter eigener Marke ohne Risiko Bücher zu verlegen.

Alle Informationen im Internet: **www.tredition.de/fuer-verlage**

tredition wurde mit mehreren Innovationspreisen ausgezeichnet, u. a. mit dem Webfuture Award und dem Innovationspreis der Buch Digitale.

tredition ist Mitglied im Börsenverein des Deutschen Buchhandels.

Dieses Werk elektronisch lesen

Dieses Werk ist Teil der Gutenberg-DE Edition DVD. Diese enthält das komplette Archiv des Projekt Gutenberg-DE. Die DVD ist im Internet erhältlich auf **http://gutenbergshop.abc.de**